Zum Autor

Helmut Krausser, geboren 1964 in Esslingen, lebt in München. Er war u. a. Spieler, Nachtwächter, Zeitungswerber, Opernstatist, Sänger einer Rock-'n'-Roll-Band und Journalist. (Halb)freiwillig verbrachte er ein Jahr als Berber. Nebenbei studierte er provinzialrömische Archäologie. Im Rowohlt Taschenbuch Verlag liegen vor seine Romane »Fette Welt« (rororo Nr. 13344) und »Könige über dem Ozean« (rororo Nr. 13435). 1993 veröffentlichte Krausser »Melodien«, einen 800-Seiten-Roman, mit dem er bei Publikum und Kritik einen außerordentlichen Erfolg erzielte.

Helmut Krausser

Spielgeld

Erzählungen
& andere Prosa

Rowohlt

»Nacht im Dorf« wurde in einer früheren Fassung im *Nautilus-Kalender 1989* abgedruckt.

»Spielgeld« erschien in einer gekürzten und absprachlos mutierten Fassung im Januarheft 1990 von *Transatlantik*.

Frühere Versionen der »Kreise« sendete der Bayerische Rundfunk in seinem zweiten Hörfunkprogramm in den Jahren 1983–87. Kreis 2, Segment VIII ist herzlichst Franz, Lemmy und Pola gewidmet.

»Iason« erscheint in einer stark komprimierten Fassung und ist dem Bernhard gewidmet.

Veröffentlicht im
Rowohlt Taschenbuch Verlag GmbH,
Reinbek bei Hamburg, Dezember 1994

Umschlaggestaltung Walter Hellmann
(Illustration Gaby Bonn)
Gesamtherstellung Clausen & Bosse, Leck
Printed in Germany
990-ISBN 3 499 13526 4

Dank an
Beatrice, Franz, Bernhard, Petra, Thomas, Max,
El Conde, Peter, Komo, Hermann, René (†), Michael,
Lorenz, Susanne, Christiane, Michaela (†), Norbert (†), Josef,
Werner, Dieter, Jörg (†), Martina, Ingrid, Barbara,
Wolfgang, Karl-Heinz und alle Vergessenen
für ihre vielfältige Art der Hilfe.

Entweder die Tapete verschwindet, oder ich!
(Oscar Wildes letzte Worte)

Nacht im Dorf

Wieder beginnt eine dieser Nächte, von denen man Stillstand erwartet, völlige Statik bis zum Morgen. Das täuscht.

Oben am Steinberg spielen »Frankenstein und sein Monster« Phosphorfrisbee. Das Dorf ist groß geworden und kann sich zwei Deppen leisten. Die beiden, sie halten zusammen, trotten stets gemeinsam durch die Gegend und kennen keine Tageszeit. Und hier kommt Hamann, der Rentner, führt seinen Hund aus. Der Hund ist zum Töten abgerichtet, und falls er einmal durchdreht, wird Hamann ihn kaum halten können, denn Hamann hat nur einen Arm. Den anderen haben ihm die Russen geklaut. Hamann schwört Rache und liest Nationalzeitung.

Dort drüben ist das Häuschen der Dorfnutte, die es nicht nötig hat, an der Straße zu stehen. Tagsüber zeigen sich Schulkinder gegenseitig das Haus, und die allermeisten von ihnen werden sie später noch genauer kennenlernen. Ihre Arbeit ist von unschätzbarem Wert.

Dieses Licht: Der Dorfbäcker, der wieder mal schwarz arbeitet, drei Stunden vor der erlaubten Zeit. Wenn man vorbeigeht, kann man frische Semmeln kaufen, heiße Semmeln, kurz vor mir kommt meistens der Dorfpenner und steckt sich ein paar in die kalten Taschen.

Die Wetten im Wirtshaus stehn hoch, daß er den nächsten Winter nicht überlebt, doch bisher hat er seine Fans nicht enttäuscht. Vermutlich wird einer seine Waldhütte für ihn offenlassen, um im Frühling zu kassieren. So sind sie.

Dies hier ist mein Licht. Jedes Dorf hat seinen Spinner, sagt man. Doch das stimmt nicht mehr. Es gibt inzwischen jede

Menge freier Stellen, weil zu viele Spinner in die Stadt abwandern.

Das Dorf ist nicht besser oder schlechter als die Stadt, aber es bietet einen Vorteil, der mich hält. Man vermeidet die anderen Spinner, die dort so gerne Grüppchen gründen und mit Zukunftsplänen angeben. Hier, hier sieht man, woran man ist, was real ist und was nicht, was man erreicht und was man nur geträumt hat. Würde man in meinem Dorf eine Umfrage machen, käme wohl heraus, daß sich die meisten Befragten recht glücklich fühlen. Das muß man respektieren. Bitte sehr.

Morgen ist Sonntag, ich werde zum Frühschoppen gehn, weil ich gern bei Trinkrekorden zusehe und aus dem Crescendo des Geschreis wertvolle Anregungen empfange. Die Bauern werden über die Dorfschönheit reden, die soeben von ihrem Mann verlassen wurde. Selbst die beiden Deppen werden wieder Hoffnung schöpfen, mit funkelnden Augen ein Liebeslied singen. Ich werde mit ihnen lachen und ein Bier ausgeben, wenn mein Geld reicht, und wir werden zusammen die Krüge heben, wir Gestalten des Mitleids, geschützt durch Unverständnis, nur geduldet, weil wir nicht überhandnehmen. Das macht mich schon lang nicht mehr sauer. Da ich von Natur aus ein Feigling bin, kann ich froh sein, daß sie mich nicht verstehen. Sollten sie mich je ernst nehmen, würden sie mich gleich darauf erschlagen. Wir kommen gut miteinander zurecht. Ich nehme sie ja ebensowenig ernst. Sie sind alle nur Menschen, die sterben werden.

So einfach mach' ich mir das. Was kein Zynismus sein soll, nein, es ist nur die erste Voraussetzung, unter der ich Sachen angeh. Es macht alles klar und leicht.

Die Spinner der Städte sind kaum noch glücklich. Gestapelt nehmen sie einander Platz weg, zischen sich neidvoll an, werden grausam und klein, verbissener als Hamanns Hund.

Hier im Dorf kennst du den Spielstand, weißt, was passieren wird, wer als nächster überschnappen wird, und morgens stellen sich die Zeugen Jehovas an die Hauptstraße, gleich zwanzig Stück.

Neulich habe ich erlebt, daß einer von denen sich einen Campingklappstuhl mitnahm und den Wachturm im Sitzen feilbot. Das war toll.

(1986)

Neues vom Norbert

I

Im Januar braucht man mich meist nicht lang zu suchen. Wer was will von mir, findet mich auf meinem Bett, wo ich Radio höre, Fernsehn schaue, Spaghetti fresse. Zweimal pro Tag mach ich einen Spaziergang vom Bett zum Mülleimer. Das war's aber auch schon. Die Kälte lähmt mich, macht mir Angst. In mich gekrümmt, starr ich zwischen den Zehen durch und trinke italienischen Spätburgunder.

Sie glauben vielleicht, ich schweife bereits ab, wie ich das so oft tue? Keineswegs. Diese Geschichte handelt zwar von Norbert, doch würde Norbert selbst nur für ein paar Seiten genügen.

Zuvor ein wenig vom Januar 1988, der kein Januar war. Mehr eine Art Oktober. Die Temperaturen stiegen oft auf über 16° Celsius. Es war geschenkte Zeit. Man war es nicht gewohnt, daß ein Winter ausfiel, und man hatte keine Ahnung, daß auch die nächsten beiden Winter ausfallen sollten. Man feierte ein Wunder. Nur ein paar Skifahrer quengelten, aber, wie Bernhard immer ganz richtig sagt: Tod allen Monotheisten und Skifahrern! Genau.

Die Sterblichkeitsziffer der Rentner sank um zwanzig Prozent, und viele Passanten trugen freundliche Gesichter, nur weil die Wolken über den Azoren, wo unser Wetter herkommt, verrückt spielten. Ich würde natürlich nie vom Wetter reden, wenn es in dieser Geschichte nicht eine gewisse Rolle spielte, versteht sich.

Mit Bernhard, meinem alten Freund, saß ich auf einer Holzbank über der endlos leeren Theresienwiese. Wir tranken Paulaner. In einem eisigen Januar hätten wir vielleicht Spaten oder Tucher bevorzugt. Egal.

Wir begutachteten die vorbeikommenden Menschen, vor allem die Alten unter ihnen, die von der Sonne magisch angezogen wurden. Das Runzelfleisch schob sich glücklich umher. Wir prosteten jedem Vorüberhumpelnden zu. Die meisten grüßten sogar zurück. Man muß erwähnen, daß Bernhard und ich tags zuvor den Film »Barfly« von Barbet Schroeder gesehen hatten, in dem haufenweise herrliche alte Männer vorkommen, voller Witz und Poesie. Dieser Film rührte uns stark, er machte uns Lust aufs Altwerden, wir wurden reichlich albern, hatten keine Furcht vor der Zeit und unterhielten uns über wichtige Dinge mit kurzen Sätzen. Das Bier tat ein übriges. Wir fühlten uns sehr wohl. Man muß an dieser Stelle gleich dazusagen, daß Norbert den Film nicht gesehen hat. Er ging statt dessen in »Der letzte Kaiser« von Bertolucci. Solche Einzelheiten erklären oft viel.

Wir saßen also und tranken, bis die Sonne hinter einem Kaufhaus verschwand. Dann schlugen wir die Zeitung auf, studierten das Kinoprogramm und sahen, daß es nicht verlockend war. Und wir beschlossen, Astrid zu besuchen.

Astrid spielt bei der Geschichte keine allzu große Rolle. Bernhard schlief damals mit ihr, mehr ist da kaum gewesen. Astrid wurde oft besucht, weil ihre Wohnung Platz bot und sehr interessant lag, nämlich schräg über dem Hauptbahnhof. Die Fenster ihrer Küche waren beschlagen und dreckig und von blauem Licht gefüllt. Astrid liebte die Düsternis, war einem völlig verklemmten Ästhetizismus verfallen und spielte andauernd Theater. Ein surrealistisches Stück französischer Machart, verlogen und sechzig Jahre zu spät. Den Mund trug sie blutrot geschminkt, was fatal und gefährlich wirken sollte. Selbst Bier trank sie nur aus langstieligen Weingläsern. Die meisten ihrer Freundinnen gehörten zur militanten Lesbenszene.

Aber ihre Wohnung lag sehr schön, wirklich. Ihre Beziehung zu Bernhard war von gegenseitigem Belächeln geprägt und im

Absterben begriffen. Sie waren zu verschieden geworden. Vorher hatten sie sich wenigstens noch auf Hölderlin einigen können, wenn auch aus verschiedenen Motiven. Nun aber probierte Bernhard ein neues Lebensgefühl, sehr irdisch, simpel, gradaus durch die Realität. Er hatte sein Vokabular um mindestens 20 000 Wörter reduziert und begeisterte sich an minimalistisch komponierten Sätzen wie: »Da waren Männer, die taten Dinge.« Dieser Satz stammte leider nicht von ihm, sondern vom großen Charles und war kaum noch zu variieren, geschweige denn zu übertreffen.

Trotzdem war Bernhard in diesem Januar ziemlich zufrieden und gutgelaunt, und sein einziger Ärger hieß Astrid. Er konnte sie nicht mehr ertragen und degradierte sie zu einem Nutzmöbel, zu seiner Spermahalde. Astrid tat genau dasselbe, aber sie verbrämte es mit Sätzen voll Myst und Schwulst. Krampfhaft vermied sie jede Belanglosigkeit. Es war grauenhaft. Die beiden ödeten sich an, und ein Schweigen entstand. Was in Astrids Küche nicht so schlimm wirkte, denn wir sahen alle hinunter, auf das Durcheinander der Schienen und Weichen und Lichter, auf Koffer und Kinder, Metall und Glas, Penner und Bahnpolizei. Wir hörten auf die lohnenden Ziele, die der Lautsprecher verkündete und auf die lauten Schreie einiger Fußballfans, die sich mit Fans einer anderen Mannschaft prügelten. Wir winkten die Züge vorbei und grüßten die Reisenden. Es ist ganz klar, daß auch sowas irgendwann langweilig wird.

Es schien so, als begänne Bernhard nur deshalb zu erzählen. Aus der Notwendigkeit der Situation heraus, die ein Gespräch forderte. Ich war den ganzen Nachmittag mit ihm zusammengesessen, ohne daß ihm auch nur eine Andeutung dieser Sache über die Lippen gekommen war.

Schon etwas betrunken, nahm er sein Glas in die Hand, nippte daran und sagte:

»Wißt ihr, was der Norbert heut macht? Ratet mal! Da kommt ihr nie drauf!«

»Na was denn?«

»Der bringt sich grade um.«

Wir spitzten die Ohren.

»Jaja«, fuhr Bernhard fort, »der Norbert kommt doch glatt heute mittag zu mir und sagt, es sei ein guter Tag zum Sterben, er fährt jetzt in den Wald und leitet die Abgase ins Auto. Das soll angeblich 'ne sichere Sache sein. Stellt euch vor, er hat im Sexshop Handschellen gekauft. Damit will er sich ans Lenkrad fesseln. Und er will ganz tief in den Wald fahren, denn wenn er zu früh entdeckt und gerettet wird, bleiben schwere Hirnschäden...«

Wir sagten nichts. Irgendwie bekam ich Lust zu lachen, doch man will ja nicht pietätlos wirken.

»Dabei hat er erst vor zwei Tagen eine Frau kennengelernt«, erzählte Bernhard weiter, »wo er doch so lang allein war...« Astrid unterbrach ihn. Ihr Gesicht war ein einziges betroffenes Staunen.

»Hast du denn nicht versucht, es ihm irgendwie auszureden?« Bernhard hob in einer Geste der Hilflosigkeit die Augenbrauen. »Was hätt' ich sagen sollen? Was Philosophisches? Nein, das kam so plötzlich... Ich hab keine Erfahrung in solchen Konversationen. Ich hab ihm gesagt, der 16. Januar sei ein nettes Todesdatum... alles andere schien mir zu kitschig.«

»DAS GIBT'S DOCH NICHT!« rief Astrid laut.

»Er hat gesagt, er hat das alles lang geplant, und er war überhaupt nicht aufgeregt...«

Astrid regte sich um so mehr auf. Sie hatte Norbert nie gesehn, aber die Nachricht von seinem Selbstmord machte sie ganz fertig. Sie rannte von einer Wand zur anderen und fiel arg aus ihrer sonst eher morbid-gelangweilten Rolle. Ihre Vergangenheit war von wenig Toten überschattet, überhaupt recht behütet und undramatisch, da wurde ein sterbender Norbert schon zur Sensation.

Bernhard berichtete noch, daß Norbert ihm ein kleines schwarzes Buch gegeben habe, mit Gedichten drin. Ich horchte auf. Da ließ sich vielleicht etwas stehlen.

»Taugen die denn was, die Gedichte?»

»Die Rückseiten kann man noch verwenden...«

»Schade.«

»IHR ZYNIKER, IHR VERFLUCHTEN ZYNIKER! Das meint ihr doch alles nicht ernst?« schrie Astrid.

Ich legte einen Arm um sie. Wir waren recht familiär, wir drei, kannten uns lange, hatten alle schon miteinander geschlafen, in guten wie in schlechten Zeiten.

»Wahrscheinlich klappt's beim ersten Mal sowieso nicht«, sagte ich. »Wahrscheinlich bekommt er Angst, oder er hat nicht genug Benzin getankt, oder die Handschellen sind aus Hongkong. Ich glaube, bei so einem Wetter kann man sich gar nicht zufriedenstellend umbringen. Bestimmt kommt er morgen wieder nach Hause und ruft diese Frau an...«

Ich hatte Norbert nur ein- oder zweimal gesehn. Er war Bernhards Zimmernachbar. Sie wohnten in Untermiete in einem Haus am Nymphenburger Kanal. Norbert war ungewöhnlich blaß und sein Gesicht ebenmäßig glatt und unspektakulär. Seine kurzgeschnittenen Haare waren so schwarz wie die Yamamoto-Hemden, die er trug. Mit Bernhard verband ihn die Liebe zur Wasserpfeife, womit ich nie was anfangen konnte. So lernte ich Norbert nie näher kennen. Bernhard ging mit ihm auch öfters ins Kino. Aber niemals hatte sich daraus die geringste Anekdote ergeben. Ich fühlte keine Verpflichtung, traurig zu sein. Ein schlechter Dichter weniger.

»Rufen wir doch mal an!« sprach Bernhard.

Wir riefen Norbert an. Zu jeder vollen Stunde. Norbert hob nicht ab. Langsam begriffen wir, daß es wahr sein könnte.

Um Mitternacht verabschiedete ich mich, denn der Abend verlief im Sand. Astrid warf Bernhard die Ohnmacht vor, etwas zu unternehmen, warf ihm seine Seelenruhe vor, mit der er sie befummelte, in solch einer tragischen Stunde. Sie vergaß dabei wohl völlig, daß Bernhard alle übersetzten Werke Mishimas gelesen hatte und eine Sammlung japanischer Sepukkuschwerter besaß.

Bernhard dagegen nörgelte dauernd, sie solle nicht soviel Zicken machen und endlich die Bluse ausziehen, der Tod sei was für die Toten. Die beiden verstanden einander so wenig wie Wal und Mensch.

Auf der Heimfahrt fiel mir ein, daß Norbert an Wiedergeburt glaubte. Das fand ich seltsam. Wozu brachte er sich dann um? Lust auf eine neue Hülle? Schließlich war er jung, gesund und hatte sogar schon Werbung für Rasierwasser gemacht.

II

Ich rief täglich an, um mich auf dem laufenden zu halten. Es gab nichts Neues. Norbert war noch nicht heimgekehrt. Es sah ganz so aus, als hätte er's hinter sich gebracht. Jede Unterhaltung drehte sich um Norbert. Niemand hatte ihm je soviel Aufmerksamkeit geschenkt.

Der Tod ist ein fülliges Thema. Die Horrorfilme, die in dieser Woche im Werkstattkino liefen, waren dagegen kaum der Rede wert. Trotzdem diskutierten wir auch über die, denn das Thema Norbert erzeugte mit der Zeit ein gewisses Unbehagen, was hauptsächlich damit zusammenhing, daß so gar kein Motiv zu erkennen war. Auf Grund dessen bezog Norbert eine rätselhafte, überlegene Position gegenüber uns Hinterbliebenen. Das paßte uns nicht. Wir waren alle tolle Typen und sehr weise und wußten, wie die Welt funktioniert. Wir versuchten uns abzulenken und gingen zum Stehausschank vom Hauptbahnhof, alte Männer suchen, die uns neue Geschichten erzählen. Meistens aber waren die Geschichten noch älter als die Männer. Nur einer war lustig, der trug dünnes weißes Haar, eine zerschlagene Nase und tief in die Höhlen geduckte, wäßrige Augen. Der wollte uns für einen Hunderter engagieren, daß wir ihn peitschen.

Erst dachten wir, na ja, das ist schnell verdientes Geld, und gingen mit, bekamen aber doch Skrupel, als es ernst wurde. Es ist ja auch nicht sehr nett, alte Männer zu peitschen. Also nahmen wir nur das Geld und zogen ab, ohne Gewalt anzuwenden. Inzwischen waren wir übrigens so überzeugt, daß Norbert tot sei, daß Bernhard am nächsten Tag eine Vermißtenanzeige aufgab. Ich weiß nicht genau, warum er das für notwendig hielt. Vielleicht, um mit Hilfe der Bullen Gewißheit zu bekommen.

Jedenfalls war es eine gute Entscheidung, denn sie fügte der Sache eine groteske Seite hinzu. Am Morgen darauf rückten nämlich gleich vier der grünen Jungs an und sahen sich in Norberts Wohnung um. Sie nahmen das halbe Zimmer auseinander und sahen nach, ob er sich irgendwo zwischen den Möbeln versteckt hielt. Es klingt unglaublich, aber so war es. Sie fanden nicht mal einen Abschiedsbrief, was ich schade fand. Abschiedsbriefe sind meistens so hübsch pathetisch und melodiös. Ich hatte mir kurz zuvor eine ganze Anthologie von Abschiedsbriefen gekauft und mich damit sehr gut unterhalten.

Bernhard wurde sorgfältig und aufdringlich verhört, und er sagte alles, was er wußte. Dennoch erhielten die Polizisten bei ihrer Suche kaum einen Anhaltspunkt. Aber daß sie schließlich zu viert den winzigen Garten durchsuchten, gebückt zwischen den Sträuchern und dem Blumenbeet standen, traue ich mich fast nicht zu erzählen. Da geht mir gleich jede Glaubwürdigkeit flöten. Sei's drum. So war es eben. Die Polizisten zogen ab.

Bernhard hatte sich Norberts kleinen Schwarzweißfernseher angeeignet, da saßen wir mit einem komischen Gefühl davor, und nebenbei las ich Norberts Posthumes. Dreizeilige Gedichte, lose gereimt, die um Liebe und Frieden baten.

Lichtenberg hat behauptet, wenn jemand alle glücklichen Einfälle seines Lebens dicht zusammensammelte, würde ein gutes Werk draus werden. Jeder wäre zumindest einmal im Jahr ein Genie. Ehre sei Georg Christoph in der Tiefe seines Grabes, aber hier irrt er. Das kleine schwarze Buch war der Beweis dafür. Nichts daraus, kein einziger Satz, war des Stehlens würdig.

Während wir uns über diesen lächerlichen Nachlaß belustigten, rückten Norberts Eltern an. Die Mutter sah aus wie eine Mutter und nichts sonst, und sie heulte die ganze Zeit, rang die Hände und schüttelte den Kopf.

Der Vater dagegen, ein fetter Fünfziger, lief schnurstracks in Norberts Zimmer und machte Anstalten, die Möbel mitzunehmen. Auf unsere vorsichtige Frage, was das denn solle, kam heraus, daß er überhaupt nicht traurig war. Im Gegenteil, er brüllte vor Zorn.

»UMGEBRACHT? Daß ich nicht lache! Der bringt sich nicht um! Der ist abgehauen! Stravanzen gegangen!« Er fluchte furchtbar über seinen mißratenen Sohn und erzählte, Norberts Auto, das gehöre ihm, das habe der Filius noch nicht abbezahlt, die Sau.

»Der liegt irgendwo am Strand, der faule Hund!« Um sein Geld zu retten, wollte er nun Sohnemanns spärliches Mobiliar ausschlachten.

»Das Auto hab ich ihm gekauft, unter der Bedingung, daß er mir's in Raten zurückzahlt! Aber nein, seit Monaten hör ich nix von ihm. Und jetzt soll er sich umgebracht haben? Damit kann er vielleicht euch verscheißern, aber mich doch nicht!«

Er sah sich nach allen Richtungen um.

»Wo ist der Fernseher? Ich weiß, er hatte einen Fernseher!«

Bernhard wurde ganz schüchtern.

Glücklicherweise rettete Bernhards Vermieterin die Situation. Couragiert schritt sie ein und wies dem Fettsack die Tür. Der aber stand noch eine Weile zwischen Haus und Kanal und schrie, er werde sich sein Geld schon holen, er komme wieder, keine Frage. Seine Frau stand immer neben ihm und verbarg das Gesicht in ihren Händen. In die Trauer über den toten Sohn mischte sich wohl Scham über den äußerst lebendigen Mann.

Wir atmeten auf und setzten uns wieder vor den Fernseher. Die Theorien seines Vaters, so feistblöd sie schienen, veranlaßten uns trotzdem, über die Möglichkeit zu diskutieren, daß Norbert tatsächlich nur abgehauen war. Möglich ist vieles. Wenn er sich absetzen wollte, wozu dann dieses Täuschungsmanöver? Zu welchem Zweck? Das wäre ja eine Riesensauerei, dachten wir. Wir drehten und wendeten.

Nein, nein, der Norbert, da waren wir sicher, der lag bestimmt irgendwo faul rum. Aber nicht am Strand.

III

Zwei Wochen vergingen, ohne daß Norbert gefunden wurde. In dieser Zeit begannen viele Telefongespräche mit der Frage: »Neues vom Norbert?« und endeten mit der Aufforderung: »Ruf mich an, wenn du was erfährst!«

Damals machte Bernhard mit der Astrid Schluß, weigerte sich aber, ihr das persönlich zu sagen. Er ging nur einfach nicht mehr hin. Man kann das durchaus verstehen, denn eine gekränkte Astrid war gefährlich in ihren Affekten. Jedesmal, wenn sie glaubte, Bernhard würde kommen, klatschte sie sich übermäßig Schminke auf die Backen, damit die Tränen dramatischer verliefen. Wenn ich sie besuchte, heulte sie mir nicht nur die Ohren voll, sie beschimpfte mich auch, behauptete, ich wäre Bernhards Spitzel und Strohmann und würde ihm brühwarm alles erzählen, was sie über ihn sagte. Ich fand das sinnloses Geplappere, denn Bernhard interessierte sich überhaupt nicht mehr für irgendwas, was Astrid über irgendwen sagte. Astrid zerschlug derweil haufenweise Weingläser auf dem Küchentisch und führte sich auf wie ein vierzehnjähriges Mädchen, dessen erste Liebe in eine weitentfernte Stadt zieht. Dabei war Bernhard ihr nur eine Art Statussymbol. Von Liebe keine Spur. Hätte Bernhard nur drei, vier Wochen gewartet, hätte wohl sie mit ihm gebrochen, und alles wäre sehr glimpflich verlaufen.

Ich stand so zwischen den beiden und mußte mir eine Menge gehässiger Dinge anhören. Das ging mir bald auf die Nerven, ich fuhr ins Allgäu auf ein Schachturnier und wurde eingeschneit. Mit einemmal holte der Winter alles nach. Meine Seele schlang sich einen dicken Schal um, wurde dumpf und blind und mein Spiel stümperhaft. Das Turnier ging total daneben.

Als ich zurückkehrte, hatte sich Bernhard in ein bürgerliches Mädchen verguckt, dessen ungewohnter Realitätssinn ihn völlig begeisterte. Die Bettgeschichten, die er erzählte, strotzten vor Fülle und Drastik. Er mußte beim Ficken jetzt nicht mehr soviel reden.

Astrid beschloß indessen, ihr Leben grundlegend zu ändern und die Stadt zu wechseln.

Über diesen tiefgreifenden Veränderungen wurde Norbert beinah vergessen. Dabei wurde die Sache immer seltsamer. Schließlich war er ja mit einem knallroten Kleinbus in den Wald gefahren. Der konnte doch nicht vier Wochen lang unentdeckt bleiben, voller Rauch mußte der sein, jeder konnte da gleich sehen, was los war. Ein Spaziergänger, ein spielendes Kind, ein Förster, irgendjemand mußte ihn gefunden haben. Da stimmte was nicht. Es gibt doch in diesem vollgeborenen Deutschland keinen Platz, wo ein knallroter Kleinbus (mit aufgedruckten Blümchen!) so lange subversiv rumstehen kann...

Langsam standen Norberts ehrliche Selbstmordabsichten in echtem Zweifel. Vielleicht wissen Väter doch mehr über ihre Söhne, als man gemeinhin denkt.

IV

Der Februar ging vorbei, und spätestens Anfang März wurden wir sehr sauer auf Norbert. Das mit seinem Hinscheiden glaubte ihm jetzt keiner mehr. Wenn schon nicht einen Abschiedsbrief, so hätte er ja wenigstens eine Ansichtskarte schicken können, mit schönen Grüßen.

Warum hatte er uns so bös verarscht? Wozu war das gut gewesen? Wozu dieser ganze Tingeltangel mit dem kleinen schwarzen Buch, das er wahrscheinlich in der Nacht vor seiner Flucht vollgekritzelt hatte?

Wäre er damals zurückgekommen, mit einem dumm-hämischen Spruch im Maul, wir hätten ihn verprügelt und ihn mitsamt seinem Kleinbus im Kanal versenkt. Wir ärgerten uns auch, ihn so ernst genommen zu haben, wo doch jeder Depp hätte bemerken müssen, daß da nicht alles koscher war.

Am sechzehnten Januar war er losgezogen, aber am fünfzehnten hatte er noch die Miete für zwei Monate gezahlt. Wozu? Wenn er seine Vermieterin so gern hatte, wäre *eine* Monatsmiete ja auch genug gewesen. Unsere Vermutung ging dahin, daß er pünktlich am 15. März wieder auftauchen würde, braungebrannt und grinsend. Möglicherweise wollte er nur mal seine Eltern ärgern. Die Vermieterin tat uns übrigens leid. Andauernd riefen bei ihr Leute an, die scharf auf Norberts Zimmer waren. Seine Absicht, Platz zu machen, hatte sich schnell rumgesprochen, und die Obdachlosigkeit siegte über jede Pietät. Dauernd standen Typen ins Haus, bewaffnet mit Kontoauszügen, Empfehlungsschreiben, Stammbaum und psychiatrischem Gutachten. Jeden Tag riefen ein paar an und fragten, ob Norbert endlich gefunden wäre.

Nein. Vom Norbert nichts Neues. Sein Schwarzweißfernseher ging auch kaputt, und Bernhard stellte das Wrack zurück, wo es gestanden hatte. Er hatte genug damit zu tun, die Geheimnisse jenes bürgerlichen Mädchens auszuloten, die wohl allesamt zwischen ihrer Vulva und Gebärmutter lagen. Ich selbst beschloß, meinen ersten Roman zu schreiben, und Astrid beglückte uns mit der Nachricht, daß die Filmhochschule in Wien sie akzeptiert hätte. Kurzum, wir waren beschäftigt, und als niemand mehr daran gedacht hatte, kam Neues vom Norbert, pünktlich am fünfzehnten März.

Ich trat mit meiner Band damals in einem Kaff namens Esterhofen auf, und die Veranstalter waren die linkesten Säue, die ich je erlebt habe, und gerade als wir ihre Anlage zerdeppern wollten, kam Bernhard herein und erzählte, die Polizei habe bei der Vermieterin angerufen und das Zimmer freigegeben. Norbert war gefunden worden, in einem Wald nahe Nürnberg. Er muß ziemlich schlimm ausgesehen haben. Der Langläufer, der ihn entdeckt hat, wurde mit einem schweren Schock ins Krankenhaus eingeliefert.

In diesem Moment begann auf der Bühne eine atemberaubend schlechte Combo zu spielen, und verschiedene Dinge flatterten mir durch den Kopf, beispielsweise, daß es in Deutschland also tatsächlich noch Orte gibt, wo zwei Monate keiner vorüberkommt. Das fand ich bemerkenswert. Die Akkorde der offen gestimmten Gitarre dröhnten planlos durch den Saal. Bernhard und ich gingen auf den Flur, und das erste, war wir gemeinsam feststellten, war: Norberts Vater, der Fettsack, der konnte sein Auto vergessen. Den Gestank, sagten wir, den bringt er niemals wieder raus. Das freute uns.

(1988)

Spielgeld

Berlin, Hotel Interconti, Schachturnier, dritter Tag, dritte Runde, August, Spätnachmittag.

Im größten Saal des glitzernden Bonzentempels ticken 300 Uhren. Sechshundert Schachspieler sitzen über die Bretter gebeugt. Sehr prominente. Weniger prominente. Fußvolk, Amateure, Sonntagskrieger. Es fasziniert mich jedesmal neu, wie so viele Menschen so leise sein können. Ein stilles Gemetzel. Ein langsames, lautloses Erwürgen. Wer verloren hat, schleicht ohne Murren hinaus.

Plötzlich, an Brett 252 – weit hinten also, beim Fußvolk, muß der Schiedsrichter einschreiten. Einer der Kontrahenten weigert sich beharrlich, die Partie auf dem dafür vorgesehenen Formular mitzuschreiben. Das ist Pflicht. Der weißhaarige Stoppelbart mit Jesuslatschen nimmt davon keine Notiz. Nach dreimaliger Aufforderung hält der Schiedsrichter die Schachuhr an und erklärt den Gegner des zirka Fünfzigjährigen zum Sieger. Der Sieger ist peinlich berührt. So will er nicht gewinnen, vor allem, da er doch sowieso schon sehr gut steht. Aber die Regeln sind klar. Der Schiedsrichter wendet sich ab. Stille.

Stille.

Dann dreht ein Mann durch.

»BANDITEN!« gellt es durch den Saal, und noch mal: »BANDITEN!« Alle horchen auf. Es ist der Stoppelbart, der schreit. Erst zögernd, dann immer sicherer und lauter. Er steigt auf den Tisch und brüllt es hinaus: »VERBRECHER! CIA! BETRÜGER!« Man sammelt sich um ihn. Man fragt einander, was los ist. Manche fordern Ruhe. Er schreit und schreit. Drei Schiedsrichter zerren ihn vor die Saaltür. Dort brüllt er weiter. Ein großer Pulk sammelt sich um ihn. Der Mann macht eine kurze Pause. Ihm scheint nach Heulen zumute. Dann bemerkt er, wie gierig der Pulk auf das nächste Schimpfwort wartet. Er grinst flüchtig und brüllt: »GESTAPO! GESTAPO! HEIL HITLER!«

Im Saal wird nur noch wenig gedacht. Fast alle haben beschlossen, einen Teil ihrer Bedenkzeit diesem Schauspiel zu opfern. Nur die Profis bleiben sitzen. Und der Mann, der in Gestik und Mimik immer wilder, entschlossener wirkt, holt aus seinen Stimmbändern das Äußerste raus. Jetzt traut sich keiner mehr an ihn ran. Die Hotelpagen und ihr Manager glotzen ungläubig. Die Vorhalle ist mit Ledersesseln, Glastischen, großflächiger Malerei und zierlichen Tischlampen gefüllt. Der Mann reißt ein Bild von der Wand. Danach schmeißt er die Tischlampen auf den Boden. Trampelt auf ihnen rum, bis die Glühbirnen zersplittern. Vor jeder Aktion grinst er kurz in die Menge. Viele entrüsten sich. Manche grinsen amüsiert zurück.

»GULAG! GULAG!«

Ich verstehe den Mann. Ich finde ihn sehr mutig. Man hat ihn vom Spiel ausgeschlossen.

»NIEMAND KANN MICH ZWINGEN ZU SCHREIBEN!« brüllt er, »NIEMAND!« Und dann nimmt er Anlauf, springt in die Höhe und läßt sich in einen der Glastische fallen. Das Glas birst unter entsetztem Zuschauergeschrei. Der Pulk stöhnt auf. Der Mann blutet aus mehreren kleinen Wunden, aber er grinst; zugleich stehen ihm Tränen in den Augen. Der Hotelmanager hat nach der Funkstreife geschickt... Starke Arme schleppen ihn jetzt weg. Er versucht, Widerstand zu leisten. Seine Sandalen rutschen hilflos über das Parkett. Der Pulk löst sich auf. Man geht an sein Brett zurück. Man muß verlorene Bedenkzeit aufholen.

Wieder herrscht Totenstille. Nur das Ticken der 300 Uhren...

*

Während der Taxifahrt, die mich vom Flughafen ins Zentrum brachte, zu meiner billigen Pension in der Pariser Straße, zeigte ich Berlin das Victoryzeichen mit der rechten und den Mittelfinger mit der linken Hand. Ich kam als Sieger in diese Stadt zurück, in dieses miese Dreckstück, dessen Rinnsteine damals nicht sehr nett zu mir gewesen waren. Ah – das ist eine andere Geschichte ... In Berlin findet, einmal jährlich im August, das größte Schach-Open Europas statt. Fast hundert Großmeister streunen da rum. An die fetten Geldpreise war für einen wie mich kaum zu denken. Mein Ziel war, den Einstieg in die Weltrangliste zu schaffen, die allerdings – anders als beim Tennis – ein paar tausend Namen umfaßt. Es ist das Turnier, an dem ich jedes Jahr teilnehme. Es bietet die beste Möglichkeit, besseren Spielern, als ich es bin, eins reinzuwürgen.

Im Taxi dachte ich auch an den letzten August. Ich hatte mir von vielen Freunden kleine Beträge leihen müssen, denn einen großen Betrag wollte keiner mehr mit mir riskieren. Es war sogar ein Vorschuß auf eine Lesung im November dabei. Damals Mitfahrzentrale statt Flugzeug, U-Bahn statt Taxi, Essen aus dem Supermarkt, Bierdosen für 42 Pfennig das Stück. Nun aber schien es mir mal wieder vergönnt, das Existenzminimum von oben zu betrachten. Ich hatte Geld. Ich fühlte mich ungeheuer reich. Der erste Spaziergang führte mich am Café Kranzler vorbei. 1981 haben wir da Pflastersteine hinaufgeworfen. Jetzt, so überlegte ich, könnte ich eigentlich hinaufgehn und die Passanten mit Kaffeetassen beschmeißen.

Ich schrieb seit zehn Jahren. Erst Gedichte, dann Erzählungen. Und 21 Theaterstücke, die alle Scheiße waren. Dann schrieb ich einen Roman. Für den bekam ich mühelos einen Vertrag. Aus lauter Begeisterung setzte ich mich hin und schrieb in vier Wochen den zweiten Roman. Auch den nahmen sie unter Vertrag. Alle Depressionen zermörsert. Und schließlich rief im Mai Thomas Strittmatter an. Ich würde das Münchner Literaturstipendium bekommen. Mir fiel der Hörer aus der Hand. Zwölftausend Eier. Als ich den Hörer wieder aufgelegt hatte, klingelte es noch mal. Einer, dem ich Geld schuldete, fragte, ob ich mich noch an ihn erinnere. Plötzlich war ich ein gefragter Mann.

*

Nach der Runde treffen sich Schaulustige und Zocker aller Klassen im Café Belmont, das 24 Stunden, sieben Tage in der Woche offen hat. Es herrscht eine sehr familiäre Atmosphäre – scheinbar. Hier wird fast alles gespielt, was man um Geld spielen kann, hauptsächlich Schach. Bekannte Großmeister sind sich nicht zu schade, um zwei Mark zu spielen pro Blitzpartie, mit Zeitvorgaben von bis zu eins gegen fünf Minuten.

Das Licht ist schlecht, das Spielmaterial auch, doch beides gibt's umsonst. Eben habe ich einen ungarischen Meister über die Klinge springen lassen, nach nur 23 Zügen. Jetzt will ich feiern. Der Sprung in die Weltrangliste ist geschafft – nach nur sechs Runden. Mein Gürtel wiegt schwer von imaginären Skalps. Der Ungar hat einen Fehler gemacht und bekam das Messer rein. So läuft das. Schach ist Kunstkill. Wissenschaftlicher Kill. Philosophischer Kill.

Das Universum – allegorisiert in 64 Feldern; auf ihnen schleichen ein weißer und ein schwarzer Mörder, und sie streiten sich darum, wer nun Gott und wer der Teufel ist. Es ist weiserweise der einzige Sport, bei dem man ein Unentschieden *vereinbaren* darf.

Ich schau mir die Spieler an. Ich entdecke den österreichischen Großmeister Dingler. Vor kurzem gewann er das Turnier von Bad Wörishofen. Ein Zocker der besessensten Sorte. Noch nie hat man ihn ohne Zigarette gesehn. Mit 23 Jahren hat er nur noch wenige Haare auf dem Kopf. Um seine Augen spielt ein chronisch-nervöses Zucken. Man hält ihn für vierzig. Ich besitze Informationen. Münchner Spieler haben mich über ihn unterrichtet. Schach okay – aber beim Backgammon soll er eine Bratwurscht sein, ein Freier, ohne Selbstkontrolle. Liegt er ein bißchen hinten, läuft er heiß, versucht mit aller unvernünftiger Gewalt, sein Geld zurückzuholen. Dann kann man ihn gefahrlos ausbluten lassen. Gerade spielt er mit zwei Jugoslawen Kniffel. Was denen nicht noch alles einfällt…

Ich warte ab, spiele ein paar Blitzpartien mit Anfängern. Es macht keinen Spaß, zwei Mark zu gewinnen, mit soviel Geld in der Tasche. Jetzt löst sich Dinglers Runde auf. Ich mach mich ran. Bin wieder im Spiel. Es ist ein toller Zustand.

»He, Dingler! Lust auf ein kleines Match?«

»Kleines Match – was denn?«

»Backgammon.«

»Na immer… Kennen wir uns?«

»Nein, bisher sind wir uns noch nicht begegnet.«

»Und woher kennst' meinen Namen?«

Aha, anscheinend will er hören, daß er prominent ist. Ich sag ihm, daß er prominent ist. Die Bratwurscht behalt ich für mich. Wir verziehen uns in eine Ecke.

Das Board, das uns das Lokal zur Verfügung stellt, sieht nicht sehr schön aus. Zu klein, die Steine weiß-rosa, was sich im schlechten Licht nicht gut voneinander abhebt. Und nur ein Würfelbecher. Beide bestellen wir Wein. Es soll gemütlich abgehn. Moderater Einsatz. Zwanzig Mark pro Punkt.

Für meine momentanen Besitzverhältnisse ist das durchaus gemäßigt. Dingler ist einer der Geier, die von Turnier zu Turnier ziehn und auf einen Geldpreis hoffen, damit es für die nächste Zugkarte langt.

Er kennt mich nicht. Er spielt vorsichtig. Und recht gut. Mir fallen kaum Fehler auf. Nur hin und wieder zieht er seine Zahlen riskant und hyperaggressiv. Doch das hat seine Rechtfertigung darin, daß man doppelte psychologische Vorteile sammelt, wenn es zum Erfolg führt. Ich geb mir Mühe. Meine Konzentrationsfähigkeit hat schon stark eingebüßt. Berlin, der sechste Tag.

Nach einer Stunde liegt Dingler 18 Punkte hinten. Die Frequenz seines Augenzuckens steigt. Er wirkt verunsichert. Beim Schach gibt es klare Ranglisten, deren Autorität man dann doch zähneknirschend anerkennt. Beim Backgammon hält sich fast jeder für den Besten. Es ist kein Glücksspiel, aber kurzfristig kann einem der Massel Siege über starke Berufsspieler bescheren. Die Dinge laufen zu meinen Gunsten. Bald bestätigen sich meine Informationen.

Dingler läuft heiß, heißer die Bratwurscht nie schmorte. Er nimmt jeden Doppler an, gibt ihn sogar oft prompt zurück, obwohl er schlechter steht. Was bedeutet, daß es in kaum einer Partie beim einfachen Einsatz bleibt. Der Würfel geht auf vier und acht hoch, manchmal auf sechzehn.

Dingler stürzt in die Ekstase. Er fordert das Schicksal heraus. Wir sitzen uns nun drei Stunden gegenüber. Dingler ist wahnsinnig geworden.

Tollkühn oder waghalsig ist kein Ausdruck mehr für das, was er auf dem Board fabriziert. Ich gewinne noch, aber er blutet nicht mehr so stark wie vorher. Jetzt ist der Moment gekommen, da man ihn ausweiden müßte. Er ist nur noch rohes Fleisch vor dem Beil. Dann geht mir eine Partie in die Hose. Der Würfel war auf sechzehn, ich habe sie Gammon verloren. Was heißt, er macht 32 Punkte gut. Noch besitze ich ein Polster. Doch der Moment des Degens ist vorüber, jetzt muß man wieder mit Banderillas operieren. Dinglers Selbstvertrauen ist gestiegen. Er redet viel, versucht mich abzulenken. Weist mich mit leisem Hohn auf einen Fehler hin. Tatsächlich: Fehler haben sich in mein Spiel eingeschlichen. Ermüdung? Die 32 Punkte haben mich geärgert. Das ist der größte Fehler. Dinglers Selbstvertrauen wächst in den Himmel. Er vertraut auf sein Glück. Und plötzlich hat er auch Glück. Unglaublich, welche Stellungen er noch rumreißt.

So war das nicht geplant. Dingler zittert im Fieber. Gott, das Glück, weilt bei ihm, er erkennt die Stunde. Trotz aller Geierroutine ist ihm die Ekstase nicht langweilig geworden. Ich suche mich selbst nach Ekstase ab. Nichts. Und ich spüre, daß ich nicht fähig bin, mich gegen die Energie aufzulehnen, die sich in jedem seiner Züge entlädt. Er findet verrückt anmutende Varianten, aber sie haben Erfolg. Ich kann Pech nicht ertragen.

Hier ist das Gesetz aus den Angeln gehoben, das Backgammon trägt: die Wahrscheinlichkeit. Nun ja, ich hab auch schon gegen den Weltmeister gewonnen. Der wird sich dasselbe gedacht haben. Nach sechs Stunden liegt Dingler mit 80 Punkten vorn und hat mich im Griff. Ich gesteh's. Er sieht sehr zufrieden aus. Für heute habe ich versagt. So muß es wohl sein. Eine Sache der Energie. Ich brauch frische Luft. 80 PUNKTE! Wenn das in München einer erfährt, bin ich blamiert bis auf die Knochen. Ich zahl ihm die Tausendsechshundert und mache eine Revanche für den morgigen Abend aus. Ich tu unbetroffen.

So was passiert eben. Morgen wird man weitersehn. Dingler macht keinen Moment Pause und sucht sich den nächsten Gegner. Im Zweifelsfall bewundere ich so was eher, als daß ich es bemitleide. Draußen auf der Straße, versuche ich der ganzen Sache eine Logik abzugewinnen, die weiterhilft. Hmm. Wenn man beim Denkspiel Pech hat, hat man beim Glücksspiel vielleicht Glück.

*

In der Lietzenburgerstraße schimmerten die Lampen von einem seltsamen Biergarten, mit Riesenrad, Marmorstatuetten und Palmgewächsen. Viele Kneipen und Striplokale. Und ein privater Spielsalon, mit Kis-Roulette. Kis bedeutet, daß es zwei Nullen gibt, bedeutet Beschiß. Aber das ist nicht das Entscheidende. Entweder hat man Glück oder nicht, daran kann eine Null mehr oder weniger nichts ändern. Ich ging hinein. Schmuckvolles Lokal. Es war nicht viel los. Am Spieltisch drehte ein stark behaarter Mann im kurzen, offenen Hemd den Roulettekessel. Ein anderer Mann setzte Fünfmarkjetons à cheval. Gegenüber vom Spieltisch glitzerte eine Bar. Eine Frau stand dahinter, lächelte mich an und fragte, was ich zu trinken wünsche. Sie wirkte grazil, schüchtern, irgendwie putzig. Wasserstoffblond, aber darunter eben nicht das Gesicht, das man dazu immer assoziiert. Eher ein Zug ins Slawische. Ich sah eine Flasche Retsina im Regal stehn und verlangte davon. Die Getränke waren erstaunlich billig.

Ich setzte mich auf einen der freien Stühle und wechselte 500 Ems in Jetons à Zwanzig. Die Frau brachte mir den Wein, und ich habe in meinem Leben noch nie einen so winzigen Hintern gesehn wie den ihren.

Der Croupier war ein Grieche, der einen kräftigen, aber auch gelangweilt-gutmütigen Eindruck machte. Er setzte den Kessel in Bewegung, warf die Kugel hinein. Der Retsina schmeckte hervorragend. Mit Seitenblicken auf die schöne Frau hinter der Bar setzte ich gleichmäßig Summen von vierzig bis sechzig Mark irgendwohin. Noch ein Retsina. Immer noch wurmte mich mein Versagen gegen Dingler, und ich analysierte ein paar Partien aus dem Gedächtnis, kam zum Schluß, daß er viel besser als sein Ruf gewesen war. Manches, was haarsträubend scheint, wird durch die Konsequenz aufgewertet, in der man es tut.

Noch ein Retsina. Nach einer Stunde lag ich mit Zweieinhalbtausend hinten, aber das machte mir keine Angst. Nach der Ebbe kommt die Flut, auf lange Sicht verliert man ja nur wegen der zwei Nullen... ich trug noch 6000 mit mir rum – keine Gefahr also, die Dürre nicht durchzuhalten. Inzwischen war ich soweit, mich mit einer kleinen Niederlage zufriedenzugeben.

Ab drei Uhr morgens war ich der einzige Kunde. Der Grieche und ich, wir kamen ins Reden. Er schimpfte darüber, daß zu viele Ausländer in Berlin seien. Er fragte, was ich arbeite. Journalist, sagte ich. Schriftsteller klingt immer so angeberisch, und man wird viel zu sehr ausgefragt.

Der Grieche war sehr spendabel. Pro verlorenem Tausender ließ er mir ein Glas Retsina auf seine Rechnung bringen. Er erzählte, daß er diesen Laden ganz allein betreibe, von abends sechs bis morgens um acht. Kompagnon fände er keinen, weil es keine ehrlichen Menschen mehr gäbe. Und das Geschäft ginge schlecht.

Zwischen unseren Sätzen setzte ich auf irgendwas, und er warf die Kugel. Alles ging sehr mechanisch vor sich. Manchmal gewann ich, meistens nicht. Ich gab der schönen Frau einen Schnaps aus. Sie war Polin und sprach gebrochenes Deutsch. Beide waren nette Menschen.

Gegen fünf Uhr sagte ich, daß es für heute genug wäre, bedankte mich für den Wein, die Polin lächelte mir noch einmal zu.

»Morgen ist auch noch ein Tag!«

Der Grieche antwortete, er freue sich schon sehr auf mich. Ich ging auf die andere Straßenseite. Dort war eine Pizzeria, 24 Stunden offen und vorzüglich. Es war warm genug, draußen zu sitzen. Ich besaß noch zwanzig Mark.

Auf der Straße standen die fünf Geschäftsführer der benachbarten Animierschuppen beieinander. Alle entsprachen gängigen Zuhälterklischees. Sie stritten laut und gestenreich, wer der Geizigste unter ihnen sei.

Ich war raus aus dem Spiel.

(1989)

Das Liebesleben des Giacomo Müller

Giacomo, auf der Parkbank voller Eisrosen, träumt von Erfindungen. Bedeutenden Erfindungen, wie es das Streichholz war oder die Dampfmaschine.

Es ist abends neun Uhr im Februar. Gern würde Giacomo die Zeitmaschine konstruieren und in weit entfernte Jahrhunderte der Vergangenheit reisen, hinein in die Frühe, dort, wo sie am neugierigsten gewesen ist. Gottähnlich könnte er dort sein Schulwissen verteilen, würde ein Erster sein in so vielen Dingen. Wäre das langweilig? Giacomo sagt nein und erschrickt. Der Berg seiner Eitelkeit steht richtend über ihm.

»Je, na gut, ich weiß, ich bin ein billiger Mensch! Na und?« ruft Giacomo in den kalten Nebel.

»Mich kann sich jeder leisten!« fabuliert er fort, wühlt seine Hand in die Hosentasche, nach einem Feuerzeug suchend.

Die Hose ist sehr alt, mindestens zehn Jahre schon. Die trug er noch in der Schule, und ihre Taschen hatten damals ein Loch, durch das man zwei Finger stecken konnte, um auf die schönen Mädchen zu onanieren.

Er hatte Glück gehabt. In seiner Klasse waren viele schöne Mädchen gewesen. Es gab viel zu tun. Eine nach der anderen war sein Opfer geworden. Giacomo erinnert sich gut. Schräg gegenüber saß die Favoritin, mit dem herrlichen, leuchtenden Nacken. Der allein hat ihn Liter heimlichen Spermas gekostet. Es wurde nie bemerkt. Seine Orgasmen waren lautlos und ohne Minenspiel von ihm gegangen. An den männlichen Teil seiner Klasse erinnert sich Giacomo ungern. Sie haben ihn immer ins Tor gestellt, und wenn er einen Ball hielt, gab es kein Lob.

Voll Neid denkt er an jene überdimensionalen, kräftigen Burschen, die brutal, laut und schadenfroh waren. Von den Mädchen wurden sie dafür bewundert.

Als die Schule zu Ende ging, fingen die meisten Burschen zu arbeiten an. Einige heirateten gleich diejenige, die sie in der letzten Klasse deflorieren durften.

Manche gingen auf große Reise, andere begannen ein Studium, einer schlug die Verbrecherlaufbahn ein, der sitzt jetzt in Stadelheim. Giacomo ist Schornsteinfeger geworden. Es hatte ihm gefallen, mit einem Gesicht voll Ruß durch die Straßen laufen zu dürfen und von allen Leuten nett angsehn zu werden. Schornsteinfeger bringen Glück, sagt man.

Giacomo beschließt, künftig öfter in den Spiegel zu schauen. Es ist ganz dunkel, bis auf den entfernten Schein der Parklaterne. Giacomo fühlt Getreidekörner in seiner Hand. Die hat er im Sommer achtlos von der Ähre gerissen und eingesteckt. Ein paar davon haben sich in den Nähten der Hosentasche gehalten, die jetzt gut geflickt ist. Es gibt inzwischen leichtere Wege zum Glück.

Giacomo reibt die Körner zwischen den Fingern. Seine Mutter hat ihm welche auf den Nachtkasten gelegt, als er fünf war. Danach las sie aus dem Wilhelm-Busch-Buch die Geschichte von Max und Moritz vor. Seither hat Giacomo ein verschrobenes Verhältnis zu Getreide.

Die Schlagzeile des Tages lautet: »RAUMFÄHRE EXPLODIERT! ZUM ERSTEN MAL WAREN ZWEI FRAUEN DABEI!«

Was will man damit sagen? Hat sich eine Tee kochen wollen und auf den falschen Knopf gedrückt? Oder ist der Tod von Frauen beklagenswerter als der von Männern?

Giacomo ist nicht traurig. Er hat einen kräftigen Haß auf die Amis. Der geht soweit, daß er im Sommer den Amigirls, die man ja sofort an ihren dicken Ärschen, den langen blonden Haaren, den Shorts und dem Rucksack erkennt, die falsche Richtung zeigt, wenn sie ihn nach Touristika fragen. Nein, auf keine von denen ist er scharf. Wenn in der Zeitung steht, daß es in Amerika wieder Mode wird, als Jungfrau in die Ehe zu gehn, stört ihn das ganz und gar nicht.

Giacomo ist ein bißchen betrunken, zu wenig jedoch, um die Kälte der Parkbank länger auszuhalten. Nach Hause will er auch nicht. Seine Bude kotzt ihn an, selbst jetzt im Februar, wo fast jedes Zuhause dem Inhaber warm und wohlig scheint. Seine Gedanken kreisen mit den Krähen über der Isar, bleiben hängen am schlanken Nacken der Favoritin, den er gern einmal, und sei es nur ganz kurz, geküßt hätte.

Er weiß ihre Adresse. Seine Spaziergänge führen öfters dort vorbei, seit zehn Jahren schon. Manchmal bleibt Giacomo davor stehen und wartet, und hin und wieder sieht er sie mit gelackten Männern in teure Autos steigen. Jedesmal fragt er sich dann, wie es wäre, wär sie eine Hure geworden. Ob er dann zu ihr gehen könnte? Hundert Mark auf den Tisch legen und sich ausziehen? Wahrscheinlich nicht. Vielleicht würde er an ihrer Tür klingeln, sie wortlos ansehn und wieder gehn, und alles würde vorüber sein. Doch nein, blöde Gedankenspiele, sie war ja nicht käuflich, nicht von ihm jedenfalls. Die gemeine Sau würde es ihm nie einfach machen.

Giacomo trampelt auf einem Beet herum, stapft sich Wärme in die Zehen, wankt davon, über die Reichenbachbrücke und die Baaderstraße entlang, und seine Nase läuft, und ein Satz geht ihm durch den Kopf. »Graziös springt der Elefant von Blüte zu Blüte.« Den hat ihm der Fischer Toni neulich erzählt, in der Kneipe, und bis zum Zapfenstreich war er an die fünfzig Mal wiederholt worden. Giacomo fühlt eine Depression kommen. Ihm fallen keine neuen Witze ein. Die Welt scheint gegen ihn. Dabei ist er doch ein echter Engel – im Vergleich zum Fischer Toni.

Giacomo trinkt die Bierflasche leer, wirft sie fort und haucht in die verfrorene Handfläche. Plötzlich steht er wieder davor, vor Hausnummer 17 einer unbedeutenden kleinen Straße beim Tal.

Diese Frau bringt ihm Pech. Er weiß es spätestens, seit er in Bad Wiessee auf die 17 gesetzt hat und bitter verlor.

Da oben ist ihre Wohnung, im dritten Stock des dreistöckigen grauen Mietshauses, das keine Schornsteine besitzt, dem er nie aufs Dach steigen wird.

Jetzt brennt kein Licht, nicht einmal das gedämpfte blaue, das oft brennt, wenn sie einen Mann in der Wohnung hat. Es ist sehr kalt, und ein grölender Dschingis Kahn kommt um die Ecke, gefolgt von einem Cowboy und einer orientalischen Fee. Neben dem Gehsteig liegt eine Raseninsel mit Bäumchen, und der Schnee auf dem Gras ist graubraun, und Giacomo macht sich einen Zeitvertreib daraus, Buchstaben hineinzustampfen. Buchstaben, die zusammengenommen seinen Namen ergeben, schwarz auf graubraun, im Schimmer des Neons.

KARL MÜLLER.

Giacomo ist nur ein Künstlername. Jetzt ist Fasching, und im Fasching, wenn Giacomo auf einen Ball geht, geht er als Schornsteinfeger, macht es sich einfach. In der Zeitung steht, Schwarz ist die Modefarbe der Saison. Das freut ihn.

Im Hauseingang betrachtet er das neue Namensschild der Favoritin. Das alte hat Giacomo mit einem Schraubenzieher abmontiert und als teuren Fetisch nach Hause getragen. Das kommt ihm nun kindlich vor. Obwohl er jenes Namensschild gern in der Hand hält und darüber meditiert. Dagegen läßt sich nichts sagen.

Wohin nun gehen? Wo noch ein Bier trinken? Im Fasching sind überall Orte mit fröhlichen Menschen. Jedenfalls tun sie so.

Manche Frauen haben im Fasching ihre jährliche außereheliche Brunftzeit. Die Zeitung sagt, siebzig Prozent aller Frauen auf einem Faschingsball haben sich mit dem Vorsatz verkleidet, fremdzugehn. Möglich. Diese Frauen interessieren Giacomo nicht. Man muß nüchtern bleiben, um vom Fick was zu haben, aber wenn man nicht trinkt, wird man nicht lustig, und wenn man nicht lustig ist, springen die Frauen gleich ab.

Nein. Da bevorzugt Giacomo die Huren. Die kosten im Endeffekt weniger, und es gibt recht nette darunter, die einen nicht bescheißen, wenn man freundlich zu ihnen ist.

In diesem Moment hält ein Auto vor der Hausnummer 17. Ein schnittiger Wagen. SIE steigt aus.

Giacomo dreht sich weg und beobachtet aus den Augenwinkeln. Die Favoritin trägt heute einen blaugefärbten falschen Pelz, rote Stiefel und schwarze, stark glitzernde Strümpfe, als wären Schneeflöckchen hineingewebt. Wütend knallt sie die Beifahrertür zu, der Wagen heult auf und prescht davon.

Giacomo erkennt die Silhouette eines Mannes, der sich nicht amüsiert zu haben scheint. Giacomo kann ein Grinsen nicht unterdrücken und täuscht vor, mühsam gegen den Wind eine Zigarette anzuzünden. So versteckt er sein Gesicht. Er will nicht auffallen. Was würde die Favoritin wohl sagen, wüßte sie, daß sie seit zehn Jahren beobachtet wird? Zum tausendsten Mal überlegt Giacomo, ob sie sich an sein Gesicht erinnern würde, sollte es ihr einen längeren Blick lang ausgesetzt sein. Kaum. Er saß ja in der Bank hinter ihr, und in der Pause trennten sie Welten.

Sie kommt auf ihn zu, geht an ihm vorbei, schließt die Haustür auf. Wenn Lügen kurze Beine haben, muß sie die reine Wahrheit verkörpern. Sie beachtet ihn nicht.

Giacomo geht der Wahrheit nach und stellt eine Schuhspitze in die zufallende Tür. Ihre Absätze klacken auf den Holzstufen. Giacomo sieht ihnen nach, in grenzenlos gewordenem Mut wagt er sich an den Fuß der Treppe und sieht nach oben. Plötzlich bleibt die Favoritin stehn, lehnt sich übers Geländer und blickt herab.

Die Wahrheit ist furchtbar mitunter. Giacomo zuckt zusammen, und sein Mut zerplatzt, er hält die Hände vors Gesicht wie ein Kind, das sich vor Spielkameraden schämt.

»Wollen Sie etwas?« fragt die Frau.

Er antwortet nicht.

»Zu wem wollen Sie denn?« fragt sie weiter und steigt ein paar Stufen hinunter. Nur wenige Meter trennen die beiden noch. Giacomo will nicht weglaufen. Sein Gesicht mag er auch nicht zeigen.

»Geh weg!« brüllt er. Sie verharrt auf der siebten Treppenstufe. Giacomo zittert und gibt eine traurige Figur ab. Sie blamiert ihn, macht ihn fertig, warum in Teufels Namen kann sie nicht einfach in ihre Wohnung verschwinden und ihn in Ruhe lassen? Jetzt knarzen ihre Stiefel auf dem Holz noch näher.

»Wollen Sie etwas von MIR?«

Müller antwortet nicht.

»Warum halten Sie denn Ihre Hände vors Gesicht?«

Die neugierige Kuh! Gleich steht sie vor ihm, steigt die letzte Stufe hinab und wiederholt:

»Wollen Sie etwas von *mir*?«

Müllers Rechte zuckt vor und trifft die Favoritin an der Stirn. Sie fällt um. Die Hände ausgebreitet, liegt sie wie leblos. Fassungslos starrt Giacomo sie an, die Hände klappen ihm runter, er kniet neben ihr.

Ihre Beine sind so nah, näher und schöner und wohlgeformter als jemals. Durch den Sturz ist der Rock weit hinaufgerutscht, zeigt ein orangenes Strumpfband und die nackte Haut ihrer Oberschenkel und einen Hauch, einen Seidenschimmer ihres Höschens. Er möchte es so gern berühren. Er streckt die Hand aus, die spastisch zuckt, wild hin und her schwenkt. Näher ist er ihr niemals gekommen. Nur zwei Zentimeter fehlen noch. Zuviel.

Giacomo rennt. Fünfzehn Straßen weit. Der Stirnschweiß gefriert und kühlt die Gedanken. Er krümmt sich in schockartiger Nüchternheit. Hat sie ihn erkannt? In der Zehntelsekunde, als seine Faust flog? Würde sie sich an ihn erinnern?

Drei, vier Jahre gäbe das mindestens, vor allem, wo er doch vorbestraft ist, wegen Schwarzarbeit.

Geatmet hat sie ja, tot ist sie nicht, nur bewußtlos. O Gott ... Warum gibt es das Streichholz schon?

Dann rennt Giacomo weiter, zum Fischer Toni, der in diesem Fasching einen Chinesen mimt. Der Toni ist normalerweise ein Arschloch. Diesmal gibt er sich recht umgänglich, als Giacomo ihn um das Chinesenkostüm bittet. Aber den Hund, den will er nicht so einfach rausrücken. Giacomo drückt dem Toni einen Zwanziger in die Hand, verbittet sich Erklärungen und jagt, mit dem staunenden Foxterrier auf dem Arm, in die Nacht hinaus.

Giacomo ist eingefallen, daß sich die Schöne nur morgen früh aus dem Fenster zu lehnen braucht, dann wird sie schwarz auf graubraun erinnert werden, in großen Buchstaben.

KARL MÜLLER. Verfluchte Eitelkeit!

Er sprintet die Strecke in weniger als zehn Minuten. Der Chinesenbart klebt nicht gut, und der Mandarindeckel ist zu klein, rutscht dauernd vom Schädel.

Vor Hausnummer 17 parkt ein Streifenwagen. Kein Notarzt. Viel kann nicht passiert sein. Oben brennt Licht. Als Giacomo die Raseninsel betritt, verläßt ein Polizist das Haus und sieht ihn flüchtig an.

»Nur keine Panik!« sagt sich Giacomo. »Ich bin nur ein Chines', der seinen Hund Gassi führt.« Der Hund hebt willig sein Bein und schifft ins A von Karl hinein. Schweißüberströmt zerstampft Giacomo den Rest seines Namens, verliert den falschen Bart und hebt ihn wieder auf, und ein zweiter Polizist entsteigt dem Haus und mustert ihn kurz. Dann steigen beide in ihr Auto und fahren weg.

Müller hält inne. Nur das ›er‹ ist übrig von seinem Namen. Das kann irgendwen bedeuten.

Oben brennt das Licht der Wahrheit. Müller weiß, er wird nie wiederkommen. Dies hier ist ein Abschied, ein graubraungelber Abschied. Und trotz allem, was ihm diese Frau angetan hat, er liebt sie noch immer.

(1986)

Der eine und der andere

Zu den faszinierendsten Persönlichkeiten, die die Schachwelt jemals besessen hat, gehört zweifelsohne Emanuel Lasker, mit dessen Namen bereits der fortgeschrittene Anfänger unweigerlich konfrontiert wird. Er ist in die Geschichte eingegangen als der zweite von bisher 13 Weltmeistern. 1894 hatte er Wilhelm Steinitz, den Vater des modernen Schachs, den Begründer des Positionsspiels, den Überwinder des romantischen Opferstils, überzeugend geschlagen und nahm seither eine mehr als deutliche Vormachtstellung ein. Den Revanchekampf 1896 bestand er mühelos mit 10:2 Punkten. Allein in den folgenden vier Jahren gewann er die Turniere von St. Petersburg, Nürnberg, London und Paris. 1907 verteidigte er den Titel gegen Frank Marshall mit 8:0 bei sieben Remisen, 1908 besiegte er den großen Theoretiker Siegbert Tarrasch mit 8:3, und 1909 fegte er das Großmaul Janowski mit 7:1 vom Brett.

Laskers Erfolge gründeten darauf, daß er die revolutionären Einsichten der Steinitzschen Schule ständig verfeinerte. Zudem war er der erste, der in den abstrakten Kampf der schwarzen und weißen Steine die Psyche des Gegners mit einbezog. Einer seiner vielen berühmtgewordenen Grundsätze lautete, er wolle nicht unbedingt den objektiv besten Zug finden, sondern den für den Gegner unangenehmsten. Hannak hat es sehr schön so formuliert: »Er lockte seinen Gegner bis an den Rand des Abgrunds, dann zwang er ihn, so lange mit ihm auf einem schmalen Grat zu wandeln, bis der andere strauchelte und abstürzte.«

Lasker war vielleicht der erste Schachspieler moderner Prägung, dynamisch, flexibel, ebenso stark in der Verteidigung wie im Angriff und von jenem Kampfeswillen beseelt, der nur ein einziges Ziel kennt: den Gegner zu schlagen, oder, wie es Bobby Fischer später noch drastischer ausgedrückt hat, ihn zu töten. Mit der Herrschaft Laskers starben die letzten Koryphäen jenes Zeitalters aus, das im Schachspiel mehr die Schönheit der Kombination als den Sieg um jeden Preis suchte, jene Romantiker, die aus unentwickelten Stellungen heraus angriffen, auf Material keinen Pfifferling gaben und denen Vorsicht und fehlende Risikobereitschaft als Schimpf und Schande galten.

Es war Lasker, der den Ideen von Steinitz zum endgültigen Durchbruch verhalf, den Ideen vom Spiel, das auf eine beständige Verbesserung der eigenen Position hinarbeitete und dem Mehrbesitz eines Bauern gebührenden Rang zuwies. Lasker stellte sein Spiel auf den jeweiligen Gegner ein und nutzte dessen Schwächen gnadenlos aus. Seine Partieanlage war nie schematisch, sondern den Umständen untergeordnet. Er bekämpfte nicht eigentlich die Figuren des Kontrahenten, sondern ihn selbst.

Lasker war ein Mensch von überragender Intelligenz. Er hatte zeitweise eine Professur für Mathematik inne, und noch heute ist ein von ihm gelöstes Problem der Differentialgleichung von einiger Bedeutung. Ebenso war er Doktor der Philosophie, und seine Schriften »Vom Kampf«, »Philosophie des Unvollendbar« und »Begreifen der Welt« fanden nicht nur Anerkennung, sie wären auch durchaus wert, wieder aufgelegt zu werden.

Aufgrund seiner Schlagfertigkeit und rhetorischer Brillanz war er ein gesuchter Gesprächspartner, so zum Beispiel für Albert Einstein. 1925 wurde in Berlin Laskers Theaterstück »Vom Menschen die Geschichte« uraufgeführt. Äußerlich war Lasker von hoher, kräftiger Statur, trug einen mächtigen Schnurrbart, ein energisches Kinn und eine eindrucksvoll faustische Denkerstirn. Auf manchen Fotografien ähnelt er auffallend dem Nietzsche der letzten Jahre, mit diesem herrischen, bohrenden Blick, der zwar direkt und brutal den Betrachter trifft, aber immer auch über ihn hinausgeht, weit ins Dahinter.

Lasker war glücklich verheiratet mit der Dichterin Marco und hatte sich in einem Vorort Berlins ein großzügiges Haus gekauft. Er verstand es recht gut, seine Fähigkeiten zu vermarkten, und wenn er sich zu einem Titelkampf bereit erklärte, mußte zuvorderst die Kasse stimmen.

Im Jahre 1909 bezog also Großmaul Janowski eine katastrophale 1:7-Niederlage, bezeichnete sich dennoch trotzig als den besseren Spieler und war auf der Suche nach einem neuen Geldgeber, der einen Revanchekampf finanzierte.

Titelkämpfe hatten sich inzwischen als lukrativ erwiesen, da die Presse solchen Ereignissen viel Aufmerksamkeit schenkte und auch das Interesse in der Bevölkerung zunehmend wuchs. Der Kampf zwischen den beiden Deutschen Lasker und Tarrasch war nicht nur der Kampf zweier Persönlichkeiten und Spielauffassungen gewesen, sondern auch der des Juden gegen den Nichtjuden, weshalb Tarrasch auch nach seiner Niederlage auf eine starke Anhängerschaft zählen konnte. Deutschland war zu jener Zeit Schachnation Nummer eins, was dem Kaiserreich natürlich schmeichelte und dem Schach einen gehörigen Propagandawert gab. Und ob der Weltmeister nun Jude oder Nichtjude war, wurde bald nicht mehr so wichtig, Hauptsache der Pole Janowski bezog anständig Prügel.

Noch im selben Jahr 1909 wurde Lasker von dem Österreicher Carl Schlechter herausgefordert.

Schlechters Qualifikation war nicht in Zweifel zu ziehen. Zu seinen größten Turniersiegen zählten München 1900, Ostende 1906, Wien und Prag 1908 und viele andere Plazierungen in den Preisrängen.

Lasker erklärte sich zu einem Titelkampf spontan einverstanden, die Konstellation schien publicityträchtig und der Gegner nicht allzu gefährlich.

Denn Carl Schlechter war unter den Großmeistern jener Zeit ein Unikum, für das man nach Parallelen umsonst sucht und höchstens in der Weltfremdheit eines Richard Réti ein Äquivalent findet. Schlechter war dafür bekannt, daß er in guten, ja teilweise gewonnenen Stellungen Remis gab, weil der Gegner ihm leid tat. So groß seine Liebe zum Spiel war, so gering blieb die innere Befriedigung, die ihm die Niederlage des anderen bereitete. Er freute sich unbändig, wenn er eine Partie gespielt hatte, in deren Zügen man keinen Fehler entdecken konnte. Das Resultat der Partie blieb nebensächlich. Trotz dieser Eigenschaften, die ihn innerhalb der heutigen Elite zum belächelten Hanswurst machen würden, war seine Spielstärke so enorm, daß man ihn durchaus zu den sechs oder sieben führenden Meistern zählte. Seine Bereitschaft zum friedlichen Unentschieden kostete ihn zwar manches Geld, vergessen darf man aber nicht, daß Schlechter nur äußerst schwer zu besiegen war, und wehe dem Zweitklassigen, der das probierte. In schwierigen Situationen nämlich spielte er energisch und genau, und eine Eigenschaft erwachte, die ihm ansonsten fast völlig abging: Ehrgeiz.

Schlechter war sehr beliebt im Kreis seiner Kollegen. Von schmächtiger Gestalt, war er die Freundlichkeit und Bescheidenheit in Person. Niemals suchte er nach Entschuldigungen, wenn er verlor, niemals wurde er gegen einen Gegner ausfällig, und die Kommentare zu seinen eigenen Partien zeugen von einer, bei großen Meistern beispiellosen Fähigkeit zur Selbstkritik und Objektivität. Im Gegensatz zu Lasker war Schlechter eine graue Maus, von der man nicht sehr viel berichten kann, ohne spekulativ zu werden. So beliebt er bei seinen Kollegen war, so wenig interessierte sich das Publikum für ihn, denn von den insgesamt 1066 Partien seiner Laufbahn endeten 531 mit einem Remis. Das Unentschieden aber galt als unbefriedigendes Ergebnis und wurde kaum der Mühe wert befunden, nachgespielt zu werden, egal wie gehaltvoll der Kampf bis zum Friedensschluß gewesen war. An dieser Auffassung hat sich in der breiten Masse bis heute wesentlich nichts geändert.

Zudem war Schlechters Stil in höchstem Maße unspektakulär. Er operierte nur aus festen Stellungen heraus, ließ sich selten auf ein Wagnis ein, und riskante taktische Manöver suchte man bei ihm vergebens. Komplikationen, die in ihren Verzweigungen nicht restlos durchschaubar waren, verstießen gegen seine ästhetische Auffassung.

Ein Großteil der Schachspieler neigt zu Optimismus und

Selbstüberschätzung und verfolgt vermeintliche Gewinnpläne oft bis zum bitteren (oder glücklichen) Ende. Schlechter dagegen war das Lavieren, das später von Nimzowitsch zur Kunst erhoben wurde, zuwider. Hielt er eine Stellung für so ausgeglichen, daß nur noch grobe Fehler sie zur einen oder anderen Seite kippen lassen konnten, so gab er sie auch remis, selbst gegen schwächere Spieler, die zweifellos noch genügend Fehler produziert hätten.

Aus all diesen Tatsachen heraus ist es verständlich, daß Lasker diesen Gegner nicht besonders ernst nahm. Auf die Frage eines Journalisten gab er zur Antwort: »Schlechter liebt viel zu sehr das ruhige Leben, um wirklich gefährlich zu werden.«

Es begannen langwierige Verhandlungen über die Konditionen des Titelkampfs. Lasker plante ein Match, das auf 30 Partien angesetzt war und in verschiedenen Städten gespielt werden sollte. Der Herausforderer sollte, um Weltmeister zu werden, zwei Punkte mehr erreichen als der Titelverteidiger. Warum Lasker diese ungerechte Forderung aufstellte, bleibt schleierhaft, galt er doch als klarer Favorit, dessen klaren Sieg alle Fachleute prophezeiten.

Schlechter hätte in diese Bedingung vielleicht sogar eingewilligt. Es waren ja vor allem seine österreichischen Freunde und Gönner, die ihn zu diesem Match gedrängt hatten, die die nötige Börse zusammentrugen und ihm Selbstvertrauen zu geben versuchten. Er selbst hätte dem großen, berühmten Lasker bestimmt nie an den Karren fahren wollen, sein Naturell verbot ihm das.

Es ergaben sich jedoch für Schlechter glückliche Umstände. Aus finanziellen und terminlichen Gründen zerschlug sich der ursprüngliche Plan der dreißig Partien, und man kam überein, das Match auf zehn zu begrenzen. Bei Gleichstand sollte Lasker Weltmeister bleiben. Mit diesen Konditionen konnte die österreichische Seite einverstanden sein. Es wurde weiter vereinbart, den Wettkampf in zwei Etappen auszutragen. Die erste Hälfte sollte in Wien gespielt werden, die zweite in Berlin.

Obwohl Schlechter nur Außenseiterchancen eingeräumt wurden, nahm die Presse regen Anteil und stilisierte das Match zu einer Kraftprobe zwichen den Kaiserreichen hoch. Schlechter war soviel Öffentlichkeit unangenehm. Seine Statements beschränkten sich auf Schachliches, und über Lasker ließ er zwei, drei brave Komplimente fallen.

Am siebten Januar des Jahres 1910 wurde der Wettkampf im Wiener Café Zur Marienbrücke begonnen. Die beiden Kontrahenten waren sich zuvor siebenmal am Brett begegnet. Lasker hatte dreimal gesiegt, dreimal remisiert und nur einmal, in Cambridge Springs 1904, verloren.

Der Andrang des Publikums war gewaltig. Die gespielten Züge wurden von jenen, die einen Blick auf das Brett erhaschen konnten, nach hinten weitergegeben, bis weit auf die Straße hinaus. Die Auslosung hatte Schlechter in der ersten Partie Weiß beschert, und selbstverständlich erwartete man, daß er die wenigen Chancen, die man ihm zutraute, in den Weißpartien suchen würde, mit dem Anzugsvorteil im Rücken. Beim damaligen Stand der Eröffnungstheorie spielte der Anzugsvorteil eine weit weniger gravierende Rolle als in der heutigen Praxis der Elite. Trotzdem konnte man von Schlechter, dem Sicherheitsspieler per se, nicht erwarten, daß er jemals mit Schwarz die Initiative ergreifen würde, da erwartete man ein Blocken, Mauern und Klammern.

Schlechter eröffnete die erste Partie Spanisch. Beide Seiten agierten zurückhaltend, es ergab sich ein zäher Positionskampf, in dem es lange so aussah, als hätte keiner der Spieler einen ernsthaften Plan, in Vorteil zu geraten, sondern versuche nur, mögliche Pläne der Gegenseite von vornherein zu durchkreuzen.

Im folgenden aber leistete sich Lasker einige Ungenauigkeiten, und Schlechter gewann einen Bauern im Turmendspiel. Ein Sieg schien möglich. Im 54. Zug verpaßte Schlechter die richtige Fortsetzung. Zwar mußte Lasker einen weiteren Bauern geben, aber dieses materielle Ungleichgewicht wurde durch die Aktivität seines Turms aufgewogen. Im 69. Zug einigte man sich auf Remis. Schlechter hatte Grund, sich zu ärgern, in der Wiener Presse jedoch wurde die Partie als Achtungserfolg gewertet. Schließlich war Lasker an die Wand gedrängt worden und hatte sich mit viel Mühe seiner Haut erwehren müssen.

Am 13. Januar wurde die zweite Partie begonnen. Sie ist für beide Seiten nicht gerade ein Ruhmesblatt. Nach verfehlter Eröffnung stand Lasker schlecht, die Situation wurde von Schlechter nicht ausgenutzt, der bald selbst in Nachteil geriet. Lasker konnte den gewonnenen Bauern nicht verwerten, und nach einem Generalabtausch vereinbarte man das zweite Unentschieden.

Auch die dritte und vierte Partie endete mit demselben Ergebnis. Die dritte Begegnung war ein völliger Langweiler, während Lasker in der vierten dominierte, dem Dauerschach der Schlechterschen Dame aber nicht entwischen konnte.

Die Fachleute zogen in ihren Kommentaren über beide Spieler her, die Österreicher über den Deutschen und umgekehrt. In Wien war man insgesamt guter Stimmung, denn schon jetzt zeichnete sich ab, daß der Lokalmatador wenigstens kein Debakel erleben würde, und von allen Seiten spornte man ihn an, das fünfte Spiel, das letzte auf heimischem Boden, zu einer Attacke zu nutzen.

Tatsächlich spielte Schlechter offensiver als gewöhnlich, und als sein Angriff zu versickern drohte, brachte er sogar ein Bauernopfer. Die Zuschauer staunten, zumal das Opfer von recht zweifelhaftem Wert schien. Im 48. Zug wurde selbst den Ungeübten im Publikum klar, daß Schlechter sich »veropfert« hatte. Er büßte einen zweiten Bauern ein, während Lasker die letzten verbliebenen Drohungen des Weißen nicht besonders ernst zu nehmen brauchte. Mit jedem Zug erwartete man Schlechters Aufgabe, und Lasker nahm eine recht lässige Haltung ein.

Genau dies war vielleicht einer der größten Fehler in der Karriere des sonst psychologisch so gewandten Weltmeisters. Er vergaß genau die Eigenschaft, die Schlechter auszeichnete, nämlich sich in schwierigen Positionen gegen die Niederlage aufzubäumen und nach verstecktesten Schwindelchancen zu suchen. Das Unglaubliche geschah. Lasker zog zweimal leichtsinnig, schoß einen Riesenbock, Schlechters Schwerfiguren drangen ein. Lasker, verwirrt, sah nicht, daß er durch Preisgabe der eigenen Dame wenigstens noch das Remis halten konnte, ein Fehler reihte sich an den nächsten, und Lasker schmiß, zwei Züge vor dem eigenen Matt, völlig entnervt das Handtuch.

Die Sensation war da. Wien jubelte. Die Wettkampflage hatte sich grundlegend verändert. Schlechter lag mit einem Punkt in Führung, und man wußte ja, wie schwer er zu bezwingen war, wenn er sein Spiel auf Remis anlegte. Plötzlich wurde diese sonst so geschmähte Fähigkeit in allen Blättern der k. u. k. Monarchie äußerst lobend erwähnt. Österreichs Hoffnungen hängten sich daran.

Die Spannung stieg. Der Wettkampf wurde für fünf Tage unterbrochen, um in Berlin fortgesetzt zu werden. Die deutsche Presse ritt unermüdlich auf dem »Dusel« des Herausforderers rum und forderte Lasker auf, in der zweiten Hälfte des Matches die Verhältnisse klarzustellen. Lasker selbst schrieb zu diesem Zeitpunkt: »Ich hatte Mühe, mich auf das Spiel Schlechters einzustellen, denn es war mir ungewohnt. Gerade als ich glaubte, das richtige Mittel gefunden zu haben, unterlief mir ein grober Fehler. Doch ich bin sicher, nun auf dem rechten Weg zu sein.«

Am 29. Januar wurde das Match fortgesetzt. Berlin empfing Schlechter nicht übermäßig freundlich. Man erboste sich über seinen »widerlichen« Stil, warf ihm sogar Feigheit vor, weil er den offenen, »ehrlichen« Kampf vermied. Am liebsten hätten die Journalisten Schlechter vorgeworfen, »jüdisch« zu spielen, doch das ging nun leider gar nicht.

Dem sensiblen Schlechter setzte der Rummel arg zu, und er versicherte den Journalisten, er wolle keineswegs durch Remisgeschiebe Weltmeister werden, im Gegenteil, er setze alles daran, einen eventuellen Sieg überzeugend zu gestalten. Keiner nahm ihn ernst. Auch Lasker nicht, was seine zweite psychologische

Fehlleistung war, hatte er sich doch darauf eingestellt, in den verbleibenden fünf Spielen einen Betonwall durchbrechen zu müssen.

Das Gegenteil war der Fall. Die sechste und siebte Partie wurden zu wilden, verwickelten Schlachten, in denen Schlechter mehrmals kühne Züge wagte und sich keineswegs versteckte. Bedingt wohl durch die Nervosität, ließen beide Kontrahenten Gewinnfortsetzungen aus. Reduzierte sich das Material, so fand sich Schlechter meist in einem leicht »schlechteren« Endspiel wieder, das er aber ohne Mühe halten konnte.

In der achten Partie zeigte sich dasselbe Bild. Erneut ein Unentschieden. Lasker wurde langsam etwas hysterisch und jammerte: »Wie verhält man sich gegenüber einem Gegner, der starken Drohungen und eigenem Vorteil mit ebensoviel Gleichmut entgegensieht?« Es gab keinen Zweifel, Lasker war am Ende seiner Weisheit. In diesen Tagen realisierte er die Möglichkeit, nach 16 Jahren seinen Titel zu verlieren, die Angst überfiel ihn, und obwohl er wußte, daß die Angst ein weiteres Handicap darstellte, vermochte er sie nicht zu besiegen.

Carl Schlechter währenddessen wurde von der deutschen Presse in der Luft zerrissen. Zwar war in der sechsten bis achten Partie viel los gewesen auf dem Brett, aber die Zeitungen nahmen die nackten Ergebnisse zur Hand, um ihre Diffamierungen weiter zu treiben. Remis, Remis, Remis. Die Berichterstattung wurde zunehmend unsachlicher. Jenem Interessierten, der vom königlichen Spiel kaum etwas oder gar nichts verstand, war es leicht plausibel zu machen, daß hier ein vom Pech verfolgter Weltmeister saß, der gegen einen spielerisch völlig unterlegenen, in höchstem Maße ungenialen Maurer die Folgen eines tragischen Fehlers auszubügeln versuchte.

Schlechter litt stark unter diesen Schmähungen. Und so ist es zu verstehen, daß er in der 9. Partie, die er mit den weißen Steinen am 5. Februar eröffnete, wie ein Berserker auf Lasker losging, ein gewaltiges Druckspiel organisierte, und den Champion zu umsichtiger Verteidigung zwang. Die Rollen waren plötzlich völlig vertauscht. Lasker konnte seinen König zwar letztlich in

Sicherheit bringen, hatte aber in dieser Partie nicht die geringste Chance zu höheren Ambitionen. Froh vernahm man in Wien die Kunde vom achten Remis im neunten Spiel.

Schlechter stand kurz vor dem Ziel und war doch ein Haufen Elend.

Über die zehnte Partie ist viel geschrieben und gerätselt worden. Sie gehört zu denjenigen der Schachgeschichte, bei deren Nachspielen einem heute noch Schauer über den Rücken laufen. Waren alle bisherigen Partien mit e2–e4 eröffnet worden, entschloß sich Lasker diesmal zum Doppelschritt des d-Bauern. Schlechter entgegnete mit einer Variante, die später nach ihm benannt werden sollte. Obwohl Schlechter die schwarzen Steine führte, öffnete er die Stellung früh. Hätte Lasker besonnen darauf reagiert, wäre ihm ein beträchtlicher Positionsvorteil sicher gewesen. Doch auch er stürzte sich ins Abenteuer, um sich kurz darauf in der Defensive wiederzufinden. Schlechter, so berichteten Augenzeugen, saß tief übers Brett gebeugt und stierte mit beinah bösartigem Blick in die Stellung, während Lasker das Entsetzen deutlich ins Gesicht geschrieben stand. Denn Schlechter stand besser und besser und der Weltmeister vor einer Ruine.

Die Stille, die im Saal herrschte, war für viele der Zuschauer nicht mehr zu ertragen, sie gaben ihren kostbaren Platz auf, nur um hinauszugehen und laut zu schreien.

Im 35. Zug war Lasker am Ende.

Ein simpler Turmzug hätte genügt, um ihn zur Aufgabe zu zwingen. Schlechter jedoch zog anders, opferte spektakulär eine Qualität. Lasker schöpfte neue Hoffnung und vertiefte sich wieder in die Stellung. Doch dann, im 39. Zug, war die Sache klar. Schlechter konnte freilich nicht mattsetzen, aber er brauchte mit seiner Dame nur Schach um Schach um Schach zu geben, immer wieder, das Remis durch Dauerschach wäre unvermeidlich gewesen, und Lasker beschloß im Innern, dem neuen Weltmeister wie ein echter Gentleman herzlich zu gratulieren.

Schlechter aber war nicht mehr Schlechter oder vielmehr, er war Schlechter bis zu einem Grad, da es seinen treuesten Verehrern unerträglich wurde. Er entschied sich, den Angriff fortzusetzen und wollte den ganzen Punkt, wollte um nichts in der Welt ein unwürdiger Weltmeister sein und den Titel auf keinen Fall dem »Duseltreffer« in der fünften Partie verdanken. Er hatte seine Absicht deutlich verkündet, niemand hatte ihm geglaubt, und nun ballten alle mitgereisten Österreicher die Fäuste vor soviel Ritterlichkeit. Denn Schlechters Angriff drang nicht durch. Nach Vereinfachungen blieb ihm ein Springer gegen einen Turm, wobei jeder noch einen Bauern besaß. Lasker ließ sich dieses einfache Endspiel nicht mehr aus der Hand nehmen und führte es sicher zum Sieg.

Als Carl Schlechter seinen König zum Zeichen der Kapitulation umgelegt hatte, erwachte er wie aus einer Trance, schüttelte Lasker freundlich die Hand und analysierte mit ihm, als wäre nichts Besonderes geschehn, den Verlauf des Spiels.

Laskers Nimbus sank durch jenes Match erheblich. Glücklicherweise hatte Großmaul Janowski bald eine neue Börse zusammengebracht, nur um mit 0:8 unterzugehn und die Glorie Laskers wieder etwas zu festigen. Lasker blieb 27 Jahre lang Weltmeister. 1921 wurde er von dem Kubaner José Raoul Capablanca entthront. 1933 mußte er ins amerikanische Exil gehen, wo er 1941 starb.

Carl Schlechter war im Jahr 1910 ein letzter großer Turniersieg in Hamburg vergönnt. 1918, kurz nach dem ersten Weltkrieg, spielte er schwach in Berlin und Budapest. In Budapest, am 27. Dezember, brach er zusammen. Die Ärzte diagnostizierten, daß Schlechter an Unterernährung starb. Freunden, die vielleicht hätten helfen können, hatte er aus Bescheidenheit die Größe seiner Notlage verschwiegen.

(1990)

Nuntius und Ananas

Nach nur fünf Tagen gaben die Truppen des Diktators jede Gegenwehr auf. Die Besatzungsmacht bekam alle strategisch wichtigen Punkte unter Kontrolle, die Bevölkerung schlug sich auf ihre Seite und bejubelte sie als Befreier. Es waren nicht viele Tote zu beklagen.

Die Sieger erklärten dem befreiten Volk, daß es keinerlei Repressalien zu erwarten habe. (Großer Beifall) Alles, was man wolle, sei die Person des Diktators, um ihn wegen verschiedener internationaler Verbrechen vor Gericht zu stellen. (Noch lauterer Beifall) Spontan wurden Demonstrationen gegen den Diktator organisiert und viele Bäume der Hauptstadt mit Strohpuppen behängt, denen als Kopf eine Ananas diente.

Die Ananas – so lautete der Spitzname des Diktators, seines blatternarbigen Gesichtes wegen – schlug sich inzwischen, von ein paar letzten Getreuen begleitet (keine Frau darunter), quer durch die Linien.

Aufgrund der folgenden Geschehnisse wird das »Handbuch der erfolgreichen Besatzung« in seiner neuesten Ausgabe einen wichtigen Zusatz erhalten. Denn die Truppen der Sieger, einer allgemein wohlbekannten und konflikterfahrenen Supermacht, hatten zwar Rundfunk, Telegrafenamt und Elektrizitätswerk eingenommen, vergaßen aber ein Gebäude, das ihnen in den kommenden Tagen viel Kopfzerbrechen bereiten sollte. Dieses war die Botschaft des Vatikans, vor deren Pforte Diktator Ananas seine letzten Getreuen verabschiedete und die Klingel betätigte. Der verwirrte Pförtner, vom herrischen Auftreten des späten Gastes schwer beeindruckt, brachte den Diktator zu seinem Chef, dem päpstlichen Nuntius.

Der Nuntius, hochgewachsen, schlank, ergraut, galt als erfahren und weltgewandt, in dem Moment aber, als er dem abgekämpften Diktator gegenüberstand, fiel ihm absolut nichts Sagenswertes ein, und stumm wies er dem Gast einen Stuhl.

»Ist es wahr«, fragte Ananas ohne Umschweife, »daß es Kirchengesetz ist, jedem Verfolgten Zuflucht zu gewähren, egal, um wen es sich handelt?«

Dem Nuntius wurde schwarz vor Augen, aber wahrheitsgemäß (und nicht ohne Stolz) antwortete er, dies sei durchaus der Fall, der Boden der Kirche sei rechtsfreier Raum, auf den keine Staatsgewalt einen Fuß setzen dürfe.

Als er das hörte, schnaufte Ananas vernehmlich durch und lehnte sich bequem im Stuhl zurück.

»Sie wollen wirklich hierbleiben?« fragte der Nuntius und goß sich einen Cognac ein.

»Was bleibt mir denn übrig? Ich habe keine Lust, auf dem elektrischen Stuhl zu landen!«

Von der Straße konnte man vereinzelte Schüsse hören. Die letzten Getreuen starben soeben einen erfüllenden Heldentod.

Die Diktatoren von heute sind auch nicht mehr das... dachte sich der Nuntius und zupfte nervös an seinem Gewand. Es war kurz nach Mitternacht.

»Haben Sie sich das auch gut überlegt?« fragte er, um überhaupt etwas zu sagen und Zeit zum Nachdenken zu gewinnen.

»Da gibt's nix zu überlegen«, sprach Ananas unwirsch. »Schmeißen Sie mich raus, oder lassen Sie mich hierbleiben.«

Nuntius und Ananas hatten während der siebenjährigen Regierungszeit des öfteren eine Tafel geteilt, bei offiziellen Anlässen, Empfängen, Diktators Geburtstag etcetera. Zu Gesprächen war es nie gekommen, der Nuntius hatte jeweils am unwichtigsten Platz der Tafel gesessen, gegessen und getrunken und war nach Hause gegangen, wenn der Diktator sich den wichtigen Botschaftern zuwandte.

Der Nuntius genoß jetzt diesen Moment, bevor er schließlich

sagte: »Ich werde Ihnen einen Raum anweisen lassen. Morgen bereden wir die Sache weiter.«

Ananas nickte knapp und verließ, von einem Botschaftsangestellten begleitet, das Büro. Der Nuntius rief sofort seinen Vorgesetzten in Rom an, um durch eine Sache von so großer Bedeutung nicht erdrückt zu werden. Dem kurzen Genußmoment folgte ein Zittern in Schultern und Knien. Er drang zuerst nur zu einem Kardinal durch, denn der Stellvertreter Gottes war wieder mal auf Reisen und schmuste mit einer Rollbahn.

Der Raum, den man dem Diktator zuwies, lag direkt unter dem Dach, war klein und tief und karg. Bis vor kurzem hatte eine Putzfrau darin gehaust. Ananas, zufrieden, sein Leben gerettet zu haben, legte sich gleich ins Bett. Er hatte drei Tage nicht geschlafen. Alles, was er bei sich trug, war seine schlichte graue Uniform und ein weißer schweinslederner Koffer.

Das Gespräch zwischen Papst und Nuntius verlief kurz. Der Nuntius schlug vor, Ananas von ein paar kräftigen Bediensteten auf die Straße tragen zu lassen, bevor jemand Wind von seinem Aufenthalt bekäme, der Papst lehnte dies rundweg ab mit dem Hinweis, ein solches Handeln hätte sofort, ohne Zögern, und in eigener Verantwortung geschehen müssen. Man kam überein, internationale Reaktionen abzuwarten und die künftige Strategie flexibel zu gestalten. Der Papst fügte hinzu, daß dem Nuntius nun eine ungewöhnlich schwere Aufgabe der Seelsorge zukäme, an die er sehr sorgfältig herangehen solle.

Schwitzend legte der Nuntius auf, betete einen Rosenkranz vor Wut und sagte sich immer wieder, Mussolini hätte so was nie getan, nie...

Als am Mittag des nächsten Tages der Diktator erwachte und ans Fenster trat, sah er unten nicht nur Panzer, Geländewagen und allerlei sonstiges Militärgerät, sondern auch eine riesige Menge gehässig brüllenden Volkes, das seinen Tod oder wenigstens seine Auslieferung forderte. Der Diktator ließ das Fenster geschlossen, um nicht allzuviel von diesen Tiraden zu hören. Es hatte sich schnell herumgesprochen, wohin er geflüchtet war.

Die Bevölkerung der Ananasrepublik – obwohl sehr katholisch – wäre leicht zu bewegen gewesen, die vatikanische Botschaft zu stürmen und ihren früheren Herrscher als Laternendekoration zu verwenden.

Inzwischen jedoch war auf diplomatischer Ebene viel geschehen. Der Vatikan hatte die Gunst der Stunde erkannt, Dogmenpropaganda mit Autoritätsdemonstration zu verbinden, und hatte präventiv beim Präsidenten der Supermacht jeden eventuellen Übergriff auf Botschaftsgelände scharf verurteilt. So hatten an diesem Tage die siegreichen Soldaten vor allem damit zu tun, das Haus hermetisch abzuriegeln und die Volkshaufen daran zu hindern, ihre Loyalität gegenüber den neuen Herren zu beweisen.

Ansonsten war man recht ratlos. Eine solch mittelalterlich anmutende Situation hatte man lange nicht mehr gehabt. Wäre Diktator Ananas in irgendeine andere Botschaft geflohen, das betreffende Land hätte ihn prompt ausgewiesen und damit gut. Die uralte Sitte der Kirche aber, weltliche Mächte zu ärgern und Verfolgten Asyl zu gewähren, rettete ihn, wie damals den Glöckner von Notre-Dame. (Eine ähnlich romantische Dingschaft soll sich übrigens 1978 in einem mitteleuropäischen Dom zugetragen haben. Damals allerdings schloß der zuständige Pfarrer beide Augen, und der Verbrecher, ein etwas tolpatschiger Kindesentführer, wurde ohne großes Aufsehen hinausgeschleift. Die Augen der Welt haben bekanntlich keine Sperrstunde.)

Nie zuvor in den letzten 300 Jahren hat es soviel Korrespondenz zwischen einer Supermacht und dem Vatikan gegeben. Die Verhandlungen liefen sich (auf Hochtouren) jeweils an einem bestimmten Punkt tot. Würde Ananas die Botschaft nicht freiwillig verlassen, konnte man sich alle Verhandlungen sparen.

Der Diktator indes stand im Zimmer und meditierte über sein Leben. Bevor er noch zu einem vernünftigen Ergebnis kam, öffnete er den schweinsledernen Koffer, holte einen Cassettenrecorder heraus und legte Puccinis Tosca ein. Danach blätterte er in einem schwedischen Hochglanzporno. Das Essen, das ihm gebracht wurde, bestand aus Gemüse, Fleisch, Weißbrot, Wein und Mineralwasser. Als Nachtisch gab es eine halbe Ananas. Der Diktator verzog das Gesicht ob dieser Anspielung, aber er aß mit viel Appetit und machte es sich wieder auf dem Bett gemütlich. Soviel Muße hatte er seit seiner Geburt nicht genossen. Er war eine zeitgeschichtliche Person, und wie viele Menschen dieser Sorte handelte er, als würde sogar sein Mittagsschlaf im Fernsehen übertragen. Er stellte an sich selbst eine angenehme Seelenruhe fest. Es hätte alles schlimmer kommen können. Sehr viel schlimmer. Zweifellos.

Gegen 16 Uhr besuchte ihn der Nuntius. Sie unterhielten sich gut, plauderten über dieses und jenes und anderes Belanglose, dann stellte der Nuntius die Frage, wie lang Ananas denn seine Gastfreundschaft in Anspruch zu nehmen gedenke.

Ananas lenkte das Gespräch aufs Wetter. Was sollte er schon sagen? Der Nuntius gebrauchte auffallend oft das Wort »Übergangslösung«, vermied aber, eine Alternative anzubieten.

»Ich weiß genau«, sagte der Diktator, »daß ich Ihnen Unannehmlichkeiten bereite. Andererseits bin ich vor vierzig Jahren ein braver Ministrant gewesen. Da können Sie mir auch mal einen Gefallen tun...«

An diesem Punkt der Unterhaltung platzte dem Nuntius der Kragen. »HABEN SIE DENN ÜBERHAUPT KEINEN STOLZ?« schrie er Ananas an. »Sie haben nie einen Pfifferling auf die Kirche gegeben und jetzt... jetzt kommen Sie angekrochen und... und...«

Der Nuntius faltete die Hände zur besseren Beherrschung. Ananas blieb kühl.

»Es ist nie zu spät zur Umkehr«, sagte er trocken.

Aufgebracht verließ der Nuntius das Zimmer. Wenn nun schon die Ungeheuer jeden Stil verlieren, dachte er, was soll dann werden? Die Presse riß Witze, zum Beispiel den, daß fortan wohl kein totalitärer Staat mehr seine diplomatischen Beziehungen zum Vatikan abbrechen werde, für den Notfall der Revolte.

Der Nuntius saß bis tief in die Nacht in seinem Büro und

dachte nach. Schließlich blickt er zum Kruzifix auf, mit ratheischendem Blick. Umsonst. Der Gekreuzigte hob die Augen gegen den väterlichen Himmel, und es schien, als wär ihm alles Irdische schnurz.

Die beiden nächsten Tage verliefen beinah ereignislos. Der Diktator schlief viel und ruhig, hörte klassische Musik und befriedigte sich zweimal täglich über den Schwedenpornos. Sein Vorrat an reinstem Kokain war beträchtlich und half über die melancholischen Phasen hinweg. Da das Zimmer keinen Spiegel besaß, schaltete Ananas manchmal den alten Fernseher ein und sah vergangene Bilder seiner selbst in den Nachrichten. Am Morgen des vierten Tages verlangte er einige Zeitungen. Der Bedienstete nahm die Bestellung zwar bereitwillig auf, kam aber mit leeren Händen zurück.

Es gebe keine Zeitungen, sagte er begründungslos.

Ananas verstand nicht.

»Was soll das heißen, keine Zeitungen?«

Der Bedienstete zuckte die Achseln und entfernte sich.

Wütend verließ Ananas das Zimmer, um sich beim Nuntius persönlich zu beschweren. Dessen Büro fand er verschlossen. Sein Sekretär erklärte sich für nicht zuständig und vertröstete den Diktator auf morgen. Grummelnd kehrte Ananas in sein Zimmerchen zurück und schaltete den Fernseher ein. Kein Bild kam. Er schlug mit der flachen Hand auf das Gerät, rüttelte es, trat es mit Füßen. Nichts zu machen. Das Ding hatte seinen Geist aufgegeben. Entnervt kroch der Diktator ins Bett, ließ den dritten Akt Rosenkavalier laufen und nahm eine üppige Prise Kokain. Als er am Abend nach seinen schwedischen Wixvorlagen greifen wollte, griff er ins Leere.

Er weckte die gesamte Botschaft auf, als er durch die Gänge rannte und »DIEBE, DIEBE, GESINDEL!« schrie. Keine Tür öffnete sich. Niemand nahm Notiz. Der Diktator schlief unruhig in dieser Nacht.

Am fünften Tag servierte man ihm eine Mahlzeit, bestehend aus Brot, Käse, einer Banane und einem Krug klaren Wassers.

Diesmal erwischte er den Nuntius in der Eingangshalle und beklagte sich mit heftigen Worten.

»Tut mir leid«, sagte der Nuntius ruhig. »Es ist von den Gläubigen in aller Welt harte Kritik laut geworden. Es geht nicht an, daß Sie hier speisen wie ein Fürst, wo Millionen Kinder Hunger leiden. Wir können uns solche Vorwürfe nicht leisten.« Sprach's und verließ die Botschaft mit unbekanntem Ziel. Der Diktator sah sich nach allen Seiten um und fand niemanden, mit dem er die Diskussion fortführen konnte. Deprimiert stapfte er die Marmortreppe zu seinem Zimmer hoch. Am sechsten Tag fiel im Dachgeschoß die Klimaanlage aus. Die Hitze wurde fast unerträglich, doch Ananas forderte vergebens, in ein tieferes Stockwerk verlegt zu werden. Statt dessen kamen zwei Benediktinerpatres, die ihn dazu überreden wollten, seinen Gewissensqualen Frischluft zu verschaffen. Er gab beiden einen Arschtritt und ließ im Badezimmer kühles Wasser einlaufen. Während dieses Bades wahrscheinlich muß ihm irgendein Übeltäter die goldene Kokaindose aus der Uniformjacke gestohlen haben, die er unbeaufsichtigt über dem Stuhl hatte hängen lassen.

Fortan verschanzte sich der nicht begriffsstutzige Diktator in seinem Zimmer und bewachte das Letzte, was ihm geblieben war: den Cassettenrecorder und das Köfferchen mit seinen 14 Lieblingsopern. Er saß nackt auf dem Boden, den Rücken an die hölzerne Schrankwand gelehnt, was etwas kühlend wirken sollte.

Zwar brachte man ihm noch drei Mahlzeiten pro Tag, doch der Kaffee war wäßrig und das Brot drei Tage alt. Sonntags allerdings bekam er eine halbe Scheibe Ananas zum Frühstück. So ging das noch eine ganze Woche. Ununterbrochen hallten vorm Fenster Sprechchöre, die seinen Tod herbeiwünschten. Das kann auf Dauer selbst Diktatoren aufs Gemüt schlagen.

Den Nuntius traf er persönlich nicht mehr. Per Zettel bat er ihn am neunten Tag um eine alte Zeitung, in äußerst bittvollem Ton. Der Nuntius ließ ihm daraufhin den vorvorletzten Misereor-Monatsbericht bringen.

Die Rache des Diktators folgte um drei Uhr nachts, als er seinen Stereocassettenrecorder auf Höchstlautstärke stellte und eine Chorpassage aus Verdis Don Carlos – die berühmte Autodafészene – alle Botschaftsangehörigen aus dem Schlaf riß. Dieser Schuß ging nach hinten los. Denn die Soldaten, die das Gelände umstellten, erfuhren auf diese Weise von der großen Leidenschaft des Diktators für Opernmusik. Findig wie alle, die endlich nach Hause wollen, besorgten sie riesige Lautsprecher (10 000 Watt) und hüllten die Botschaft Tag und Nacht in eine gewaltige Soundwolke aus Whitney Houston, Michael Jackson und anderen Chartsaffen.

Das gab dem tapferen Diktator den Rest. Am dreizehnten Tag verließ er mit erhobenen Händen die Botschaft, und als er in den vergitterten Wagen stieg, der ihn zum Flughafen brachte, wirkte er noch befreiter als seine jubelnden Landsleute. Letztlich waren alle zufrieden. Der Vatikan übrigens hat den Siegern das Versprechen abgerungen, Ananas nicht zum Tod zu verurteilen. Dies wurde in der zivilisierten Welt mit Beifall aufgenommen. Der Prozeß läuft noch. Der Staatsanwalt hat 187 Jahre Haft beantragt, die Verteidiger geben sich aber zuversichtlich.

(1990)

Kreise

Erster Kreis

I

Die Besetzung war: der coolste Barkeeper von allen. Eine Rentnerin am Spielautomaten. Vier Kartenspieler. Eine Midlife-crisis, die mich um Feuer bittet. Zwei Rocker. Einer mit Krawatte. Ein Italiener, der seiner fetten Freundin die Bluse in die Hose schiebt. Die Putzfrau. Statisten. Biere. Ich.

Waren wir ein Drama wert?

Ich sagte nein.

II

Drei Uhr und donnert... Spannende Bücher... Britische Truppen spannen den indischen Philosophen vor die Kanone... dem sein Herz fliegt fort, tut sich nichts mehr an. Es ist ein gutes Wetter, sinnlose Uhren in die Toilette zu spülen oder nach Amerika zu telefonieren, eine Inferno mit viel Knoblauch vom Pizzabäcker am Broadway zu bestellen.

Wenn die je hier ankommt, glaub ich an den Fortschritt.

Langeweile ist ein Zeichen von Lebenswillen, sag ich mir dauernd.

Wer nicht schreibt, um zu überleben, ist ein Schwätzer.

Die Sätze des Tages liegen auf der Heizung.

Ich habe Hunger, das ist alles.

III

In den billigen Bars um Mitternacht, halb Schwemme, halb Plüsch, starre ich hin.

Frauen an der Theke, mit hin- und herschwappenden Schenkeln, deren Kniekehlen manchmal grunzen, wenn sie sich schütteln vor Lachen und ihr Fleisch gegens Holz klatscht... das spitze, grelle Lachen zu einem glucksenden Wiehern erstirbt und ein Verlierer einen Drink für sie bestellt.

Rubens und Grosz haben sich verbündet und spendieren einen nach dem anderen.

Dauernd muß ich hinstarren, nur durch ein schlankes Bierglas getarnt. Ich warte darauf, daß aus einem dieser Schenkel ein besoffener Dionysos geboren wird.

IV

Dieser Keller war sehr dunkel, kalt und feucht. Atmete man kräftig durch, war der Durst gelöscht. Trotzdem – die Atmosphäre dieses Raumes hat mich berührt.

Wir trafen uns dort und spielten Lieder, um berühmt zu werden. Sie waren regnerisch und leidenschaftlich. Sie waren Musik aus dem Sarg.

Der Raum lag unter einer Geschäftsstraße, manchmal stürmten Berber herein, um zuzuhören, und wenn die Glühbirne ausfiel, spielten wir weiter.

Jedesmal gingen wir fröhlich nach Hause. Gegenüber diesem Raum war alles andre warm und großartig.

Wir wurden nicht berühmt.

Nach einiger Zeit trafen wir uns nur noch dort, um anschließend fröhlich nach Hause zu gehn.

V

Die besten Geschichten haben Beine und Arme und laufen in stilvollem Wahnsinn. Menschen wie dieser Türke gegenüber, der jeden Morgen am Fenster steht, sich naß rasiert und Blut in den Schnee spuckt, beiläufig, und sein Blick ist voll Freude, noch einmal aufgewacht zu sein.

Wenn er sich fertig rasiert hat, springt er seinem Blut hinterher, haut sich eine Ladung Schnee in den Nacken und geht zur Arbeit, mit einem türkischen Lied auf den Lippen.

Sein Fenster steht den ganzen Tag offen. Kinder sammeln sich davor und werfen Schneebälle hinein, bis es dunkel wird. Kommt der Türke heim, pfeift er das gleiche türkische Lied. Ein Mensch on the rocks.

Er muß mehr Humor haben als der Witz, der, vom Totenbett aus, alle zum Lachen gebracht hat.

VI

In einem Dorf des Harz sitze ich, bis es Bernstein wird, und trinke Kaffee, in großartigem Schwarz. Wo geht das alles hin, frag ich mich beim Pissen. Wieviel Schwarz muß in mir sein? Manchmal träume ich, ein weiser, uralter Pelikan zu sein, der freitags sein Deckweiß zum Markt bringt.

Ich hab dunkle Gewitter im Kopf. Es regnet mir den Hals hinab. Ich hab das achte Weltmeer im Bauch. Hoffentlich schlitzt mich jetzt keiner auf.

VII

Wir standen an den Pißrinnen und gedachten.

Nun, wohin geht's heut abend? fragte ich die Freunde, umsonst, die Antwort war klar:

In die Trinkhallen! riefen sie alle, ab in die Trinkhallen! Jawohl, in die Trinkhallen. Überall, wo es grad Abend wird, ertönt dieser Ruf. Die Trinkhallen. Ein großes Wort. Viel besser noch als Brotlaib oder Sündenpfuhl. AUF IN DIE TRINKHALLEN! schrien sie alle und machten sich begeistert auf den Weg.

Es war ihnen völlig egal, ob wir uns auf hoher See befanden oder nicht.

VIII

Rauchschwaden. Dann ein verschwommener Körper.

»Ich bin der Geist der Bierflasche«, sagte der Körper,

»Du hast drei Wünsche frei!«

Ich überlegte kurz, schmiß die Flasche weg und nahm mir eine neue.

Zweiter Kreis

I

Ich schlug im Sarg die Augen auf und bekam Lust zu leben und dich zu sehen, Mädchen, fraß mich durch den Anzug, fraß mich durchs Holz, durch die Erde, durch die Blumen, durch das Unkraut.

Der menschliche Unterkiefer ist zu erstaunlichen Leistungen fähig. Hier bin ich, Mädchen. Zurück. Laß mich bitte mal deine Toilette benützen.

Als ich fertig war, stand sie noch immer an der Haustür. Ich stank nach Schlamm, Regen, Tod und Moder. Sie konnte mich nicht brauchen und schlug die Tür zu. Drinnen rauschte das Wasser der Spülung, und ich war mir nicht sicher, wohin ich sollte.

II

Er kniet auf dem Teer, versucht, seinen Schatten von der Straße zu kratzen. Er liebt sie so sehr.

Die Aufgebahrten bringen ihre Särge ins Leihhaus und kaufen sich Schnaps.

Und er reibt und sticht und schaufelt und hackt.

Man kann nicht länger zusehn. An der Bar, wo alles schweigt, fragt jemand gequält, was es Neues gibt.

III

Ich steh mit dem Zauberer am Bahnsteig, der Zug hat reichlich Verspätung. Er ist ein sehr origineller Zauberer, vor nicht allzulanger Zeit hat er die Taschenmöse erfunden. Und weil die Zigaretten alle sind, holt er zwei Protoypen aus dem Mantel und sagt: »Komm, fick ma noch eine...«, und wir stehn am verschneiten Bahnsteig und ficken, und der Zauberer erzählt stolz von seinem neuesten Projekt, dem Orgasmus aus der Tiefkühltruhe, den man einfach in die Mikrowelle schiebt und dann... aaah... Auf ein Ofenblech passen zwanzig davon, das genügt zum Grande Mort.

»Naja,« sag ich, »aber das wird nicht grade billig, was?«

»Nein,« sagt er, »billig wird das nicht.«

IV

Ich zischte der Oma böse Worte ins Gesicht, denn sie mochte mich nicht, wo ich war. Friedlich nämlich auf einem Sitz. Ich kam von der Arbeit, sie nur vom Friedhof. Sie konnte stehen. Weil sie aber begann zu quengeln, trampelte ich sie zu Tode, unter dem fassungslosen Applaus der Todmüden. Dann lachten alle und umarmten sich. Aus allen Fenstern des Busses flogen nun Omas. Soweit wir schauen konnten, gab es Sitzplätze. Auf der Straße wunderten sich die Passanten und winkten, wir winkten zurück. Es wurde eine sehr fröhliche Fahrt.

V

Glaubend, der Baum sei vom Sein das Vernünftigste, ging ich nebens Krähenfeld, stand rum und ruhte, hielt schwache Äste in die Luft. Ganz Baum.

Die Spechte glaubten mir, die Hunde, die Eulen und die Würmer, die Irren und die Schwärmer, auf meinen Schultern zwei Vogelnester. Ich will steif wie ein Baum stehn, sagte ich, Gehängte zärtlich trösten und lustig sein, mein Leben lang.

Wir wissen, wie leicht Hinrichtung Heirat werden kann.

Sie machten Feuer aus mir, rissen Zweige, in meine Haut schnitztten sie dumme Versprechen schneller Liebe. Sie pißten und weinten und lachten und kotzten. Es hatte ganz eigenen Witz.

Nach einem Jahr siegte die Neugier. Ich riß meine Wurzeln wie eingefrorene Peitschen aus der Erde und peitschte.

VI

Die Menschen haben Häute und Zelte aufgespannt am Strand, und die Frauen werden braun wie angefressene Äpfel.

In seinem kleinen Zimmer steht der Killer, es wird dunkel, er denkt über sein Leben nach.

Aufs Waschbecken gestützt, zieht er sich die Socken aus.

Drüber fliegt das geflügelte Herz.

VII

Die Steine können einander nicht ausstehn alle hunderttausend Jahre. Sie fragen einen Fluß, ob er sie fortspült, lassen ein Erdbeben kommen, und jeder Stein bettelt, geworfen zu werden. Unwohl fühlen sie sich in Mauern und Häusern. Sie werden krank dort und lustlos und ein Opfer der Seuchen. Und ich erzähle euch aus dem Leben der Fliegen, sie haben meist ein aufregenderes Leben, als die Bücher, mit denen sie erschlagen werden. Sie sind Heilige, weil sie glücklich sind. Manche von ihnen tanzen ihr ganzes Leben lang.

Im frühen November taumeln die letzten Einzelgänger, altersschwach und irre, vor meinen Augen hin und her, in seniler Ekstase. Sie greifen nicht mehr an. Der Kampf ist vorbei.

Und ich erzähle euch vom Leben der Bäume.

Sie stehn und wachsen und schweigen.

VIII

Bald, dank Gurkenscheibenmedizin, sind wir alle jung und schön und kaum noch sterblich, sehen letzten alten Menschen via Satellit beim Aussterben zu und feiern große Parties auf ihren Gräbern.

Dann werden wir die Geburt verbieten müssen, sonst wird es zu eng, und wir werden in den Städten wie pensionierte Götter sitzen, uns lustige Spiele ausdenken für den Rest aller Zeit.

Vielleicht gewöhnen wir uns aneinander, haben Spaß zusammen. Aber nie, nie werden wir frei sein von Furcht. Denn oben in den Bergen hocken Partisaninnen in den Büschen. Die gebären wild rum.

IX

Ich stand abends auf, löste die Sonne ab, der Kaffee trank sich besser unter rotem Himmel. Ich sah Rolltreppen schaufeln und Heere verstümmelter Ameisen ziehn. Im Wald war fast niemand mehr, nur eine Oma sah ihrem Hund beim Pissen zu und begann zu schreien, als ich mit einer Axt auf sie zukam.

Als ich dann einfach nur an ihr vorüberging, beschimpfte sie mich. Die Leute wissen nicht, was sie wollen, und wissen rein gar nichts zu schätzen.

Ich schlug Holz und machte Feuer, briet Fleisch und trank billigen Wein und war ganz ausgesöhnt mit der Welt. Jeder von uns hatte seinen Platz.

Die Hölle aber ist der Himmel, den man festhält. Der Wald stieß mich ab wie ein krankes Geschwür, und ich fand mich wieder in einsturzbedrohten Dachzimmern. Mädchen, schau, die Uhren stocken, Sekunden flattern, Geräte zeigen Null und schlagen Funken, der Tod schwimmt Weltrekord durch diese Straßen.

Komm ans Fenster, schau, die Leute, ist es nicht so, daß alle diese Leute da Gesichter tragen aus Musik? Aus verrückten Kadenzen, Akkorden, Gebeten, endlos geheuchelten Requien? Totenschädeltrommeln, Leichendarmgeigen, drüber eine Orgel, und alle Klageweiber aufmarschiert des Südens, ein wenig Pornofilm dazu, mit stampfenden Rhythmen unterlegt.

Musik in elektronischen Särgen, mit Lichtorgeln auf den Ruhekissen, und einer gefüllten Bar für die Scheintoten. Sie tragen Momente mit sich, notdürftige Erinnerung glücklicher Momente in den Hosentaschen wie Reliquien.

Ich lebe im Museum ihres alternden Alltags, ihres albernen Alptraums und seh sie laufen, bis ihre Lungen platzen, Knallfrösche eines Kindergottes, der nichts ernst gemeint hat.

Früher wartete ich noch auf den Gott des Hammers. Heute weiß ich: Dies ist die Gerechtigkeit, die furchtbare Gerechtigkeit.

Gestern, Mädchen, lernte ich Sisyphus kennen. Er lebt jetzt unter falschem Namen in Deutschland und arbeitet als Bierfahrer. Da drüben scheppert er mit seinen Kästen, während ich hier rauche und roten Retsina trinke, aus einem Zehntelliterglas und einer kupfernen Karaffe und meine Augen mit der keimenden Sonne messe. Jetzt bist du wieder hier, Mädchen, und ich weiß, das alles interessiert dich nicht. Wende dich an die Wand und schlaf noch ein wenig. Ich liege so gern in der Morgensonne und stinke.

(1984–1988)

Die Geheimnisse

Wenn das Licht in diesem Flur eine gewisse Bräune erreicht, wenn das Zusammenspiel von Sonne und Staub stimmt, alte Frau, sehen deine Zähne niedlich aus, zwei Reihen Maiskörner, gelb und angefault und rissig. Wie lang lutschst du auf denen schon herum? Sie haben alles gehört, was du gesagt hast, und oft genug haben sie aufeinandergebissen, damit dir nichts Verbotenes entglitt.

Leg deine Stricknadel weg, alte Frau, sie ist voll Blut und böser Geschichten. Du solltest dir auch das Haar in den Nasenlöchern schneiden lassen, es sieht eklig aus.

Jetzt bin ich also hier. Beginne zu erzählen!

Wir finden so wenig Gesprächsstoff. Jetzt, wo du alle überlebt hast, kannst du reden. Das Fleisch deiner Zeit ist zu Grabe getragen. Nur du bist übrig, gehst täglich auf den Kirchhof und wachst, daß keiner wieder hervorkriecht. Du bist ganz allein. Du brauchst kein Blatt vor den Mund zu nehmen. Erzähle, bevor die Endlichkeit dazwischen kommt. Dafür bin ich gekommen. Ich will jetzt wissen, wie es war, wie alles gewesen ist. Zwar kann ich es mir denken, doch vielleicht tue ich dir damit unrecht.

Du darfst dir keine Illusionen machen. Ich werde an deinem Grab nicht weinen. Niemand wird das tun, es sei denn aus Gewohnheit. Wenn du durchs Dorf gehst, sind doch alle Hände vorgehalten. Dahinter wird gemunkelt.

»Die weiß es.«

»Sie weiß alles!«

»Aber sie wird nichts sagen.«

Hast du es dem Pfarrer erzählt? Hat er dir zugehört? Ist es Mitternacht geworden über der Beichte? Hat er den Segen gegeben?

Bitte keinen Kuchen! Dein Kuchen schmeckt grauenhaft. Ich warte auf die große Geschichte. Ich will dir nichts vergeben oder vorwerfen. Ich will nur hören. Sag jetzt einmal die Wahrheit, auch wenn sie niemandem mehr nützt.

Neulich, so berichtete man, lagst du im Garten auf der kalten Erde und kamst nicht mehr hoch, wie eine Schildkröte, auf den Panzer gerollt. Und erst als es Nacht wurde, hast du laut um Hilfe geschrieen und hast geweint, als sie dich ins Bett trugen. Icn kann mir gut vorstellen, wie sie gewartet haben, daß du im Fieber zu reden beginnst und die Geheimnisse preisgibst. Sie waren deinen Ohren sehr nah und versuchten sogar, deine Gedanken zu erschnüffeln. Umsonst. Sie haben nichts erfahren.

Und nun wird das Unkraut wachsen in deinem Garten, nichts kannst du dagegen tun.

Gut, ich trinke deinen Kaffee, du hast immer guten gemacht. Trotzdem, mir ist schlecht. Der Tod hat sich rotbraun festgehakt in deiner Haut, die Gürtelrose blüht und die Beine quillen, der Körper schrumpft und das Kopfkissen ist von grauen Haarbüscheln bedeckt. Sieh mich nicht so treuherzig an. Du würdest jeden so ansehen, der dich besucht. Du hast keinerlei Geschmack.

Zum letzten Mal: Rede!

Es ist in 80 Jahren viel geschehen. Bedeutende Philosophien wurden geschrieben. Zwei große Kriege geführt. Und denk nur an all die Filme, die gedreht wurden. Es war einiges los. Warum schweigst du?

Schau, jetzt ist es wieder hier, jenes Licht. Die Sonnenstrahlen bauen eine fasrige Brücke quer durch den Raum.

Hör auf, mir die Hand zu drücken, deine Finger fühlen sich an wie kalte Hühnerknochen, abgenagt.

Du weinst?

Laß mich in Ruhe damit. Hör auf mit dem Geheul. Fang an, deine Ungeheuerlichkeit zu beschreiben. Viel Zeit bleibt nicht. Ich muß bald wieder gehn.

Ich seh deinen Totenschädel schimmern. Gut.

Du mußt nichts mehr erzählen. Ich will es jetzt gar nicht mehr wissen. Vielleicht ist es so furchtbar, daß nur ein Schweigen dazu paßt.

Humpel mir nicht hinterher. Es ist zu kalt für dich, draußen. Sieh, die Leute stehen hinter den Vorhängen und schauen dich an. Das ist die alte Hexe, sagen sie, die weiß alles, aber sie will nichts sagen.

Du hast mir Zeit gestohlen, aber ich geb nicht viel auf Zeit. Leb also wohl. Denk dran, es passiert allen, auch den Elefanten und Würmern. Das geht vorüber. Mach dir keine Sorgen, ich fahre schon langsam.

Wir sehn uns beim Begräbnis wieder. Vielleicht.

(1984)

Kinder werfen Steine in den Fluß

Was das Kauzige in den Zeiten der Abklärung betrifft: denkt daran, daß Diogenes zwar in einer Tonne lebte, aber auch immer gut mit Essen versorgt wurde und in keinem Puff Athens zu bezahlen brauchte. Er durfte sogar ungestraft auf den Marktplatz scheißen. Soviel zu diesem Punkt.

Ich müßte jetzt eine Reise machen.

Würgend reiten Gespenster auf den Hälsen der Schwäne.

Beim Blättern fand ich ein Liebesgedicht an Liz, datiert November 81. Ich weiß absolut nicht, wer Liz war. Nicht den Scherenschnitt, nicht den Schatten oder Anflug eines Gesichts kann ich mit diesem Namen in Verbindung bringen. Aus der Ecke des leeren Bilds weht ein brünetter Zopf herein. Das ist auch alles. Frauen, leidiges Thema. Muß man darauf so lang herumreiten? Ein schattiges Gemüt birgt Vorteile in heißer Gegend. Warum schreit man in der Wüste immer nach Wasser, wo es in einer guten Wüste doch ebensoviel Wein wie Wasser gibt? Ein ungefülltes Schwimmbecken bleibt ein Schwimmbecken, gerade in der Wüste, in der es einiges an Stil gewinnt, verteidigenswertes Traumhaus wird. Ein Boden, vier Wände, kein Dach. Sterne gibt's nirgends besser zu sehen, als über den Sand gesetzt. Meine Nachbarn sind Skorpione. Die sind wüstenglücksfähig. Große Gerechtigkeit! Die Blöden aus dem Abendland! Für Skorpione ist es nicht wichtig, ob ein Schwimmbecken leer oder voll ist, sie krepieren sowieso darin, mal schneller, mal langsamer.

Ich muß schreien, um meinen Mund für den nächsten Schluck zu finden, es ist dunkel, und ich fresse die Stunden, prost Zeitmahl, heruntergekommener Auserwählter, ich geh' morgen in ein Land unbekannter Sprache. Wo es nichts Böses zu hören gibt.

Als Kind faszinierte mich die Partnachklamm in den bayerischen Alpen. Felsen, Strudel, Gischt, rasendes Wasser, glattgewaschene Steilwände. Vor allem aber die zwei Mark Eintritt, die man verlangte. Das hat mich schwerer erschüttert als die erste Leiche, die ich sah.

Gestern hingegen waren Bernhard und ich — im Wirtshaus über dem Billardtisch vertieft — die letzten Gäste und somit unversehens die letzten Könige geworden; also ging ich zum Kellner, zog seine Cassette aus dem Recorder, tat meine dafür rein, und wir tranken unser letztes Bier im rustikalen Wirtshaus unter den Klängen des letzten Satzes der letzten Bruckner-Symphonie; das hat mir gut gefallen. Da kam einiges von der Schizophrenie des Lebenswandels rüber.

Nach Hause gingen wir in der Art übermütiger Internatsmädchen, mit diesem Gehspiel: Und eins und zwei und drei und vier ein Hut ein Stock ein Regenschirm und vorwärtsrückwärtsseitwärts (Zäsur) und eins und zwei und drei...

Wir besaßen den dringenden Wunsch, zornige Oden an die Nacht zu richten. Nibelungentrutz und Ähnliches. Wurde aber nur Gelalle draus, und nichts konnte uns Wirkung abgewinnen. Es war wie in holländischen Holzpantoffeln flüchten müssen.

Heute übrigens leistete ich mir Luxus. Eine Dose Artischockenherzen, 5,99 bei Tengelmann, jetzt reicht's nicht mehr für Zigaretten, und eigentlich wäre der Satz: »Ich geh schnell mal Zigaretten holen« der ideale Beginn für eine globusumspannende Abenteuererzählung, auf deren vierhundertster Seite der schwerverwundete Held wieder in der Haustür steht und seine stark gealterte Freundin um Feuer bittet. Lassen wir das. Herzenfressen, Fratzenschneiden. Vorgestern hab ich mir zum ersten Mal ein Geldstück gekauft. Ja, wirklich wahr, eine Sonderprägung, ein Zehnmarkstück, mit dem Konterfei Schopenhauers drauf, und auf dem Münzenrand stand geschrieben: DIE WELT ALS WILLE UND VORSTELLUNG.

Absurde Dinge üben eine starke Anziehungskraft auf mich aus.

Wein ist Wasser, angereichert durch Licht, Zeit und Erde. Demnach ist das, was ich hier trinke, ein Gebräu aus Dunkelheit, Beton und schlimmsten Stunden. Ich müßte wirklich verreisen. Was auch nur eine Ausflucht wäre, klar.

Im Fernsehen kann man einen weiblichen brasilianischen Fußballfan betrachten. Sie hat einen Busen von enormer Sprengkraft, nur von einer dünnen, engen Bluse bedeckt. Bei jedem Tor ihrer Mannschaft öffnet sie einen Knopf. Leider spielen die Brasilianer in diesem Jahr betont defensiv. Ich schütte den Wein weg und nehm die Ginflasche, obwohl ich eigentlich nichts mehr trinke über zwölfeinhalb Prozent.

Erdenluft und Feuerwasser. Beides abgestanden. Die Peitsche des Schmerzes klackt, des Augenblicks Achse klinkt aus. Wand. Magazin. Steig. Schräge. Sucht. Fresken. Es ist verboten, dem Fahrer während der Fahrt in die Fresse zu haun.

Oh, ich erinnere mich, heute kommt noch eine Frau vorbei, extra rasiert hab ich mich für die, aber ist sie es wert, daß ich mir ihretwegen auch nur ein Haar krümme?

Kinder werfen Steine in den Fluß. Warum?

Ich traf sie auf einer Party, sie schmiegte sich an und sagte: »Ich bin 35, verheiratet, zwei Kinder und mein Mann ist auf Geschäftsreise.« Das war brutal, das interessierte mich. Wir gingen in eine Bar, die barst vor Bogarts und Salomes. Stampfende, textlastige Musik. Neger sangen über Negerprobleme. Komplizierte Drinks mit Regenschirmen. Dort legte sie eine Hand auf mein Knie, und ich legte meine Hand auf ihr Knie, und so wanderten die Finger hinan durch die Nacht. Für sie war's Erotik. Für mich eine Fallstudie, sorry, es war wie einer dieser dumm-widerlichen Kalauer von Woody Allen.

Als wir aus der Bar kamen, war es bereits hell, und auf der Straße stemmten sich Glieder einer Autoschlange voneinander. Am Rinnstein saß eine brennende Strohhütte und weinte bitterlich.

Ich war etwas angeheitert, und ein Hochhaus trottete vorbei im Jogginganzug, blieb stehen, kratzte sich verlegen an seinen

..olken, stellte beinah eine Frage und scheiterte parsifalesk. Das war das Ende vom Eros. Ich führte die Frau in Gassen, durch die sie nie gegangen war, und lud sie in die härtesten Frühkneipen ein, zu all dem Abschaum, aus dem die Aphrodite der Städte geboren wird. Das hat sie, glaub ich, amüsiert. Sie duldete sogar den Wangenkuß eines unrasierten Sechzigjährigen mit Maulgestank. Es *war* amüsant, durchaus. Danach blätterten die Farben ab wie von einem Herbstbaum, und ich rannte weg. Gegen die eine im Leben sind andere nichts, welche Vorzüge sie auch beibringen, die Rührkraft eines Quietschtiers, die Brunft Marylins, den Witz Mae Wests; sind doch nur Pornofilm oder Gesprächsobjekt.

Die eine dagegen, sie. Wo ist sie jetzt? Was tut sie grade? An wen verschwendet sie sich? Man kann im Moment nicht tiefer bohren als in der eigenen Nase.

Das Jahrhundert hat's tatsächlich geschafft, den unverklärten Geschlechtsakt langweilig werden zu lassen. Ich muß noch Dröhnung kaufen für die Nacht. Oder ganz kauflos fortgehn, so richtig weit? Ob Ting oder Bacchantenfest, ob Gralsburg oder Hollywood, ob grobe oder feine Lüge, Länder, Drachen, Affären, Bierkisten. Siege müssen her, zumindest ein Kampf.

Mein Lieblingsfeind, den ich zum Duell gefordert habe, kneift. Er wollte nicht um Geld spielen, nicht um unsre Frauen, nicht um unser Leben. Alles, was er einsetzen wollte, war seine Ehre. Ich habe mir mühsam von Freunden Ehre zusammengeliehen. Und nun kommt er nicht. Man muß entschuldigend sagen, er ist Philosophiestudent und wird bald Doktor. So einem kann man wenig übelnehmen.

Und jetzt klopft diese Frau an die Tür.

Sie hat sich mit exotischen Blüten dekoriert, am Strumpfband und im Knopfloch. Je gut, komm rein, sag ich, aber im Innern Trutzrede mit Kraftausdrücken und Edelvulgarismen.

Wer auf Augenhöhe lauter Stühle um sich sieht, der ist allein auf dem Boden geblieben. Gasballons abschießen. Sie zieht sich aus. Sie ist es nicht. Wie die eine heißen mag, Helena oder Beatrice oder Kriemhild oder Ginevra, die da ist es nicht.

Und ihr Walküren alle, wie ihr auch immer heißen mögt: Schilddrüse, Arschgeige, Lachfalte, laßt mich noch hier bleiben, um der einen willen. Das muß verständlich sein.

Verabschiedung: Deodorant sprühen, Licht löschen, Schmeißfliegen letzte Anhaltspunkte nehmen.

(1990)

Das Heiltum

Ein Epos

I

Ich ging aus meinem Bungalow, weil es dunkel war am Tag. Fette Trüffelschweine erwürgten im Garten das Eichhörnchen mit einer Perlenkette, die Blautanne weinte, und der Himmel bekam einen Bluterguß, rot und lila und viel Goya.

Ich fragte, warum das Dach brenne, wer es getan habe, wer Schuld daran trage?

Unter dem Fliederbaum saß ein eitriger Bettler, der sagte mir, die Zeit sei da, und dies sei das Pamphlet der Zeit. Druiden trügen es durch alle Straßen, in weißen Kapuzen und ohne Gnade.

»Die trügen!« schrie ich, schlug dem Bettler ins Gesicht und drehte die Springbrunnen auf.

Der Bettler lachte, gehässig und irre.

»Dies ist das Pamphlet der Zeit!« brüllte er mit erhobenem Zeigefinger. Es gab nichts mehr zu retten.

Ich trieb die Schweine mit der Peitsche durch die Haustür hinein ins Feuer und sperrte ab. Als das Haus ganz heruntergebrannt war, aßen wir sie unter dem Fliederbaum. Dem Bettler fehlte ein Bein, und er war hungrig. Mehrmals bedeutete ich ihm zu sagen, was er wüßte.

»So ist sie eben, die Zeit!« brachte er mühsam hervor, mit vollen Backen. Dazu schwenkte er seinen rechten Arm in einem großen Kreis. Das Eichhörnchen lag tot und streckte die Beine.

»Also gut«, sagte ich, stand auf und verließ den überlebten Ort, voll Wehmut des Abschieds.

Ich winkte dem Bettler, mir zu folgen. Er humpelte bereitwillig hinterher, nahm ein halbes Schwein als Wegzehrung mit.

So gingen wir. Man hörte des Bettlers Holzbein klacken, man hörte Amseln singen und glühendes Gebälk knistern. Menschen sah man nirgends.

Eine Kirche stand neben der anderen. Ihre Glocken hingen schwer im Gestühl, samenpralle Hoden, die tiefe, zufriedene Töne von sich gaben.

Im Himmel war ein gelber Farbklecks aus Öl, der langsam verschwamm. Der Bettler hatte hörbar Mühe, Schritt zu halten. Ich beschleunigte noch ein wenig, dachte an Rache, Liebe, Tod, Verderbnis. Solche Dinge.

Bald wurden die Kirchen weniger. Wirtshäuser mischten sich darunter. Ich kannte sie alle. Das beste betrat ich, die schöne Kellnerin saß am leeren Stammtisch, weinte und sah dankbar zu mir auf.

»Ach, du bist es, sag, was ist bloß los?«

»Gib mir ein Bier!«

Sie schluchzte vor sich hin, während ich trank. Danach wurde sie hysterisch, stellte viele Fragen, forderte Säcke voll Erklärungen, spielte sich auf, als hätte ich jemals am Trinkgeld gespart.

Ich sah sie kurz an und sprach trocken:

»Es ist das Pamphlet der Zeit.«

Großäugig sah sie zurück und sagte:

»WAS?«

Doch mehr wußte ich ja selbst noch nicht. Ich entkleidete sie, und wir liebten uns auf dem Stammtisch, der weich war von vielen harten Worten. Wir tauchten in ihn hinein, und der Bettler sah zur Decke. Jedem wurde klar, dies war die Tafelrunde, ohne Ritter, ohne Gral ...

Wir zogen uns an, dann nahm ich sie bei der Hand. Alles fiel furchtbar leicht. An der Tür, unter dem kahlen Schädel des Ochsen, wartete der Bettler und folgte uns in den Wald, wo wir schliefen im Gras.

II

Die Nacht war kalt. Es gab nur saftiges Holz und wenig Reisig, ich schraubte dem Bettler das falsche Bein ab. Das brannte gut.

Aus einem Felsen entsprang ein Rinnsal. Eine Quelle mit viel Talent, das erkannte ich sofort. Am Morgen weckte ich Rosa, so hieß die schöne Kellnerin für gute Gäste.

»Rosa, schau, dieses Rinnsal, das hat es voll drauf, hör nur, wie ehrgeizig es gluckert! Das wird einmal ein großer Fluß, und das ist gut!«

Sie verstand nicht gleich.

Ich erklärte. »Wir müssen diesen Fluß entlanggehen, das ist der rote Faden, da geht es immer bergab. Unser Weg wird ein leichter sein, ohne Überlegung kommen wir sicher ans Meer. Dort liegen wir dann und bauen eine Burg aus Sand!«

Froh über diese Botschaft sprangen alle auf. Der Bettler erlebte eine böse Überraschung dabei.

Es dauerte einige Zeit, bis er Krücken gebastelt hatte. Er holte uns auf einer Wiese ein, auf der brüllende Kühe lagen, mit Eutern groß wie Waschbecken.

Wir halfen diesen Tieren gern. Viel Milch spritzte. Und mit Milch taufte mich der Bettler zum Priester einer neuen Kirche. Das nützte ich sofort und verheiratete mich mit Rosa, der Kellnerin. Traulich hielten wir Einzug in ein leeres Dorf.

Der Bettler besorgte ein großes Buch in schwarzem Leder und schrieb als erstes Wunder auf: »Ein armer Mann wurde von seinem Holzbein befreit.«

So ging das. Wir suchten nach goldener Farbe und schrieben auf das Buch: »Das letzte Testament«. Der erste Satz darin lautete: »Dies ist die Zeit. So ist sie eben.« Die Fahnen des Dorfes standen auf Viertelmast. Stolz trug ich das Buch mit beiden Händen an mein Herz gepreßt. So gingen wir Richtung Meer, der Bettler und ich und die Rosa Kellnerin, die wunderbar zum Himmel paßte.

»Er schuf einen See aus Milch«, schrieb der Bettler auf. So füllte sich das Buch.

III

Zum größten Teil waren die Dörfer verlassen. Manchmal sahen wir Bauern in weiter Entfernung, in bunter Tracht Ringelreihen tanzen mit den Bäuerinnen. Der Schatten von Musik drang dünn zu uns her. Rosa fand ein liegengelassenes Kind auf dem Marktplatz. Sie nahm es auf den Arm. Das war mir egal.

Der Bettler fütterte das Balg mit Schweinernem, bis es ganz fett wurde. Zuweilen ernteten wir Gemüse in den Gärten oder aßen Aufgetautes aus den Kühlboxen der Dorfsupermärkte. Ansonsten marschierten wir.

Es kam, wie ich dachte. Rosa konnte das Kind bald nicht mehr tragen. Ihre Arme waren maßkruggestählt, doch fehlte ihnen die Ausdauer mütterlicher Motivation. Das Kind war zu klein, um zu laufen, und die ganze Zeit hatte es nichts Aufwühlendes gesagt.

Wir ließen es in einem Futtertrog zurück, wobei ich die volle Verantwortung übernahm. Streunende Hunde dankten mir.

Wir gingen durch ein wüstes Land, dessen Tod allgegen war. In der Ferne sah man Scheiterhaufen brennen. Wir wußten nicht, was oder wer da brannte. Die Neugier zu dämmen, schien uns klug.

Gerade als das halbe Schwein vom Bettler aufgegessen war, näherte sich die Vorstadt einer Metropole. Erst als sich Autos häuften, kamen wir auf die Idee, eines davon zu benutzen. Rosa freute sich sehr. Nun konnte sie wieder nach Kindern spähen. Wir nahmen ein rotes Cabriolet.

Obwohl es sehr dunkel war, trug ich eine Sonnenbrille. Der Bettler notierte: »Er macht die Nacht zum Tag.« Wir fuhren brausend durch die Stadt. Jede Ampel zeigte Gelb.

Rosa zog sich aus, ihre Brüste erwiesen sich als aerodynamisch, wir jauchzten alle und hielten auf die Hauptgeschäftsstraße zu. Dort fanden sich die Totgeglaubten. Von hier gingen sie so leicht nicht fort. Sie taumelten durch die Einkaufszentren, schmissen Münzen in Schlitze, ihre Schemen huschten durch die Schaufenster, und ihre Schatten fielen auf die Straße. Sie hatten jeden Stromkreis erhalten. Es blinkte und zischte und warb. Jemand warf eine Flasche nach uns. Sie zerschellte.

Mit diesem Geräusch erhob sich Geheul und Wehklagen, wie es noch nie gehört ward. Flüche und Verwünschungen mischten sich hinein. Kleiderständer rollten auf die Straße, voller Skalps und Gedärme. Die Horoskopautomaten spuckten leere Zettel.

Wir hielten kurz an einem Getränkemarkt, wo ich Bier mitnahm, und verließen die Stadt schnell, trotz erheiternder Lichter.

Müde vom Fahren und Trinken, blieben wir stehen, auf einer großen, weit überschaubaren Ebene, die einstmals ein Golfplatz gewesen sein mochte. Ich legte meinen Kopf auf Rosas Bauch mit viel Genuß. Sie brach mir beinahe das Genick, als sie aufzuckte und schrie: »Wir haben den Fluß verloren! Wir kommen nie mehr ans Meer! Die Stadt hat uns vom rechten Fluß geführt!«

»Blödsinn«, erwiderte ich und schaltete das Fernlicht an, suchte im Gras nach dem Fluß. Er war aber nicht zu finden. »Wir finden ihn morgen...«, heuchelte ich tröstend. Rosa beruhigte sich nur schwer. Schließlich glaubte sie mir. »Es gibt noch andere Flüsse, ja.«

Spät in der Nacht pißten wir das Bier, und der Bettler verlor das Gleichgewicht dabei. Zuerst wurde gelacht darüber, doch als er so lag und in den Sternen las, verfinsterte sich sein Gesicht. Entsetzen füllte seine Augenhöhlen und er schrie:

»WIR MÜSSEN FORT VON HIER!! SCHNELL FORT!«

Er stürzte in den Wagen. Für den Einbeinigen war Kupplung und Gas zuviel. Er konnte nur machtlos die Scheibenwischer auf Höchstgeschwindigkeit stellen. Immer wieder schrie er:

»ES KOMMT AUF UNS ZU! ES IST FAST DA!«

Und es war da.

Unsichtbar wälzte es sich vom Horizont her auf uns zu. Genaues konnte man nicht erkennen, aber es war da, und eine Stille ging davon aus. Es schob ein kaltes Schweigen vor sich her. Es war uns nah.

Schnell stieg ich ein und fuhr. Der Wagen starb ab. Den Wagen hatte es schon erreicht. Es war im Begriff, uns zu überrollen. Wir stiegen aus und rannten. Rosa trug das Buch, ich den Bettler in mitleidiger Rührseligkeit. Wir rannten und rannten und entkamen.

Das Ungeheuerliche hat uns nicht eingeholt. In aller Ruhe machte es sich über das restliche Bier her.

Viele Stunden liefen wir, solche Kraft hatte uns das Unfaßbare verliehen. Wir liefen geradewegs in den Morgen, wohin es uns nicht folgen konnte, ohne erheblich an Wirkung zu verlieren. Kaum war der Tag erreicht, warf ich den Bettler von mir, reckte die Faust, drehte die Augen in trotziger Wut und leistete einen heiligen Schwur.

Das machte mich unangreifbar. Der Boden zitterte vor Weihe. Zu mir würde sich das Grauen nie mehr wagen.

»Und erlöse uns von dem Bösen . . .«, stammelte der Bettler, blöd geworden. »Erlöse uns von dem Bösen«, stundenlang.

Wir besaßen nichts, außer Bettler und Buch, und ich erkannte in beidem wenig Sinn. Rosa aber bestand auf dem Bettler. Energisch warf sie ihr Haar zurück. Und der Bettler bestand auf dem Buch.

IV

Am Morgen fanden wir den Fluß. Er war gewachsen. Stumm tatschte ich Rosas Brüste in liebem Glück. Wir fielen hin und schliefen. Die Sonne, die im Wasser glitzerte, roch nach Sommer. Ich durchlitt einen furchtbaren Traum.

»Weißt du kein Mittel gegen Träume?« fragte ich den Bettler.

»Jetzt ist die beste Zeit für Träume«, antwortete er. Das half nicht weiter, wir gingen durch das Laub und durch das Wasser, ließen uns in einer Villa nieder, weiß wie Gespenster. Das Leben war kurz angebunden.

»Die Haft des Zeltes wurde im Gestehn des Stabes.«

Das diktierte ich dem Bettler ins Buch. Die Spielregeln verstanden sich beinah von selbst, nun, da andauernd Entscheidungen aufdringlich im Weg standen.

»Rosa? Wirst du dich erinnern? Wirst du bei mir sein, wenn ich sterbe, und meinen Namen kundtun?«

Sie wußte meinen Namen gar nicht. Schnell schwängerte ich sie in tiefer Angst. Was uns zur Eile trieb. Binnen eines dreiviertel Jahres mußten wir die Küste erreichen. Von einem Gestüt stahlen wir Pferde, Falben und Rappen, und ritten. Am Donnerstag verhafteten uns Soldaten. Die vergewaltigten Rosa, aber das Buch ließen sie in Ruhe. Den Bettler verprügelten sie. Mich nicht. Ich habe es ihnen schlichtweg verboten. Soldaten verstehen keine andere Sprache. Sie schickten uns weg, Rosa rot zwischen den Schenkeln. Ich bat alle Bäume um Kraft. Jeder gab für umgerechnet einen Ast. Unsere Flucht geriet zu einer Hymne aus tiefen Buschtrommeln und Spinetten und einem Haufen schlecht gestimmter Celli.

Die Polizei war uns auf den Fersen, besaß einen Haftbefehl wegen unterlassener Hilfeleistung. So sind sie. Wir fingen einen ihrer Späher, der erzählte. Sie waren alle in Liebe entbrannt und gingen aus, Rosa zu haben. Wir sperrten den Späher in eine Scheune, machten ein Boot los und ließen uns treiben auf dem trägen Fluß. An beiden Ufern gab es Hochzeiten zu sehen, bunt und spendabel. Wir waren unschuldig. Immer habe ich geträumt vom langen Zug der Unschuldigen, sanft und aufrecht und vergebend. Doch wir kamen von der falschen Seite. Aus Mangel an Möglichkeiten beförderte ich Rosa zur Oberpriesterin. Der Fluß wurde breiter und breiter. Plötzlich war Schönheit überall. Sie konnte besessen werden. Zumindest war ich besessen genug, sie erobern zu wollen. Die Vergangenheit zeigte ihren ehrfürchtigen Finger. Ich habe das Öl van Akens heimlich berührt im Gefängnis, im Museum, in der Todeszelle.

Mit der Ankunft der Schönheit war alles möglich. Die Reichweite schien unendlich. Ich steckte die Weite meines Reichs weiter als ich sah in Rachsucht. Der Bettler riet zur Vorsicht.

V

Wir leisteten uns nur eine kurze Spanne Rast, schon hätte uns beinah Seßhaftigkeit übermannt. Gern wären wir wie ausgepumpte Athleten ewig liegengeblieben.

Aber die Schönheit rief, und ihr Heiligtum wollte ausgegraben sein und auferstehn.

Der Fluß war von widrigen Wehren voll. Das Boot brach in Stücke, Opfer der Strudel. Wir gingen barfuß durch die schöne Ebene. Ein arabesker Zug. In der Gegend der Heilbäder tunkten Tote ihre Bäuche Wulst für Wulst ins vorgewärmte Wasser, hörten Hits aus ihrer Jugend dazu. Die Stunden liefen vorbei und wir hinterher. Sie wußten das Ziel und spielten kleine Herolde. Die gesammelten Stunden. Sie würden bei unserer Ankunft ein Hoch ausbringen. Das Buch war naß geworden während der Kollisionen, manche Zeilen unlesbar. Das steigerte nur deren Weihegrad.

Die Sonne der abgehakten Tage sprang lüstern in die Nacht, der Mond war weiße, weiche Haut, jung und obszön. Der Atem wurde schneller, und dichte Wälder erwarteten uns, in denen wir klein wurden wie Bazillen, die durch einen Teppich wandern. Der Wald hatte uns ganz gern.

Kielgeholt von Station zu Station, strampelte mir eine Athene im Kopf, und ihr Herz pochte an meine Schädeldecke. Ich bekam Lust auf eine hübsche Nonne, mit allem Gewand auf einem bläulichen Altar, und hielt nach Klöstern Ausschau. Es fand sich eine kleine Abtei, mit einem Liliputanerabt.

Der Zwerg hörte aufmerksam zu, als wir vom Heiligtum erzählten. Er lachte und sagte, er hätte das Heilige auch einmal gesucht, und er wäre ein blühender junger Mann gewesen, bevor er damit anfing. In seiner Klause hatte sich einiger Meßwein gesammelt. Drei Tage tranken wir daran und lasen Messen für jeden von euch. Rosa war so geschmacklos zu forschen, ob sich mit einem Einbeinigen gar neue Stellungen ergeben. Ich wies sie hart zurecht. Der Liliputanerabt redete ununterbrochen. Am dritten Tag brachte ich ihn um.

Rosa mit den schwingenden Haaren und taktschlagenden Schultern. Ich versicherte sie meiner Liebe. Eine blitzende Szene. Der Bettler malte das überschwenglich in Septakkorden aus. Allein, was tat's?

Das Buch war groß, und jedem sollte es etwas bieten.

»Sag, Bettler, gibt es eine Hoffnung für uns?«

Er sagte, es jucke ihn am weggeschossenen Bein, aber eine Hoffnung, die sehe er schon für sich.

»Ich frage nicht nach dir, Bettler, was aus dir wird, ist nicht wichtig. Aber wir? Wir?«

Der Bettler schwieg eine Weile. Dann verwies er darauf, daß das Buch noch nicht gefüllt sei. Da hatte er recht.

VI

Weiter, weiter, der Kopf wird fest, das Schuhwerk weich, wir fischen im Trüben, alle Fische angle ich aus der Rosa, grille schwarze Streifen in die silbernen Schuppen. Auf den Grund der Dinge stoßen Gräten toten Fischzeugs, nichts sonst.

Diese Bäume - wie viele Stammtische könnte man aus ihnen schlagen? Sie waren Stammbäume, und es haftete an ihrem Harz längst der Geruch nach Lack und verschütteten Getränken. Die Dörfer standen an den Straßen und winkten freundlich.

Der Bettler fraß Almosen mit beiden Händen. Das Buch hielt er so fest unter die Achsel geklemmt, daß es eine Delle von der Krücke bekam.

Ich spürte das Meer nah und trieb zur Eile. Der Boden wurde sandig. Jede Wüste hat einmal als friedvoller Badestrand begonnen.

Eingebildet gab Rosa Autogramme und tat, als wär sie eine Pink Lady. Ich degradierte sie zur Niederpriesterin.

Das Meer kam uns entgegen, es leckte unsere Füße, es streckte seinen Körper mit Schaum vorm Maul. Es war schon ein Hund, das Meer. Ich streichelte es sanft. Der Bettler sprang hinein und warf sich schwere Klumpen Sand ins Haar. Würdelos. Das ärgerte mich. Ich kürzte das offizielle Programm.

Wer die Gischt ansieht, der weiß, das Meer wühlt gewohnheitsmäßig, müde und nicht mehr wirklich eifrig, im Strand herum und sucht etwas, das ihm mit Beginn der Zeit verlorenging.

Genau das. Das Heiligtum. Ich vermutete es auf einer Insel. Wir schlugen Laternen und banden sie mit Kabeln. Ihre Hohlräume verstopften wir mit Stroh und Wachs, sie schwammen gut. Vorn auf dem Floß standen Rosa und der Bettler und hielten ein Laken in den Wind als Segel. Die unteren Zipfel waren an ihre Knöchel gebunden.

Stürme rauschten, und wir hatten die Pest an Bord, sangen wir. Es sah herrlich primitiv aus. Wir blieben viele Tage auf dem Floß. Als es undicht wurde, kam die Insel.

Während die anderen das Meer ablenkten, grub ich das Heiligtum aus. Wir bauten einen provisorischen Tempel für die Touristen. Der Bettler blieb als Schatzmeister dort. Mit Rosa stieg ich ins Linienflugzeug. Wir waren berühmt und zogen Infrastruktur nach uns. Alles war wie früher. Wir gewöhnten uns schnell daran.

Nun galt es, eine Zukunft zu suchen und die Verantwortung auszutragen, die ein Heiliges mit sich bringt.

Als unser Flugzeug landete, interessierte sich bereits niemand mehr dafür. Das Heiligtum sprach die breiten Massen nicht an. Wenn sie es sahen, hielten sie es für einen Lebkuchen oder einen Kochtopf. Es blieb völlig unklar, wie man es am besten anlegen sollte.

Ich kaufte dem Heiligtum ein Puppenbett und zog von Hotel zu Hotel. Agenten lehnten mich durchweg ab. Später eröffnete ich eine Filiale und setzte mich an die Kasse. Irgendwer mußte es tun, dachte ich. Irgend etwas war zu tun, dachte ich.

Das Heiltum, wie ich es bald kosehaft kürzelte, schlief die meiste Zeit, und wenn es wach war, blickte es mich vertrauensselig an wie ein Sohn, mit diesem »Du wirst schon wissen«-

Blick. Eine Frage war auch, ob das Heilige noch wachsen würde, denn es verbrauchte jetzt schon viel Energie und Futter. Ein fachkundiger alter Feuilletonist meinte, fast ohne hinzusehn, es handele sich nur um ein Zwergheiliges, quasi ausgewachsen und vollendet. Nun gut.

Die Filiale schloß ich kurze Zeit später. Das Heiltum verstand von alledem nichts. Es schlief und fraß.

Die Finanzen wurden knapp. Im Kreditsinne war das Heiltum keine Sicherheit. Im Leihhaus bot man mir eine wahnwitzig geringe Summe, wie ich glaube, nur aus Neugier, um es befummeln zu können. Sie hatten keine Ahnung, was vor ihnen lag. Natürlich hätte ich es nie hergegeben, ich habe nur zum Spaß gefragt, versteht sich. Ich überlegte, beim Papst vorzusprechen, um ihm anständig Angst einzujagen. Blöd, auf was für Gedanken man kommt, mit so einem Ding im Haus.

Ich zog in eine billige Mansarde und ging hin und wieder in den Supermarkt, Konserven vergiften. Rosa? Ja, Rosa brannte mit einem Musikjournalisten durch. Ihren Sohn hat sie dennoch nach mir benannt. Es war eine ekelhafte Beleidigung. Man schlurft umher und sucht Leute, die einen interviewen wollen. Man sieht den Enten im Fluß zu. Man besucht sogar Leute, die man nicht ausstehen kann.

Das Heiltum ließ ich meistens zu Hause, im gläsernen Kasten und machte kleinen Mädchen Heiratsanträge auf Parkbänken.

Briefe an den Bettler kamen zurück mit dem Vermerk »Unbekannt verzogen«. So war das.

Manchmal preßte ich das Heiltum an mich und wollte beschwichtigt werden. Aber es mochte mich nicht mehr, biß und versuchte zu fliehen, glitt durch meine Hände, auf die Tür zu. Ich tat, was mir blieb, fuhr Anhalter zum Meer und warf es hinein. Eine große Woge hat es verschluckt.

Mein Zweck war erfüllt, ich bat das Leben, von mir zu gehn. Es gab keinen Grund, an mir festzuhalten. In mir war nichts, was mich in mir hielt.

Alles ist eine Fotografie, und wenn man den dunklen Punkt im Hintergrund, dort bei den Bäumen, stark genug vergrößert, wird man mich erkennen, wie ich die Hände überm Kopf falte und warte auf den Blitz.

Die Nachbarin schaut hin und wieder vorbei und fragt, ob sie zu alt sei, begehrt zu werden. Die Antwort kann leider nur ja lauten. Immer erzählt sie dieselbe Geschichte: Daß sie gern ihrem Mann im Gefängnis einen Kuchen backen würde mit einer Feile drin.

Leider hat sie keinen Mann, nicht mal einen im Gefängnis. Wir kommen überein, der Welt eine große Feile zu schenken, mit einem Kuchen darin. Das würde keiner vermuten. Es würde immer unentdeckt bleiben. Man wird spleenig.

In den Stacheldrahttagen, alljährlich im November, zünden wir Feuer an unter den Zäunen und grillen die hängengebliebenen Enten. Großartig schmeckt es nicht.

Im November ist nicht viel los. Man baut erste Schneefrauen und sieht sie schmelzen.

Ich sitze da, mit einem gefrorenen Kasten Bier und denke über Kühlschränke nach. Eine Jugendfreundin hat Anatomie studiert. Ihr Kühlschrank ist ein Sammelsurium gescheiterter Existenzen. Daraus will ich nicht essen.

Es ist wohl das Beste, ich kauf eine Trommel und trommle. Einschlagen der Stunden. Der Kuckuck im Herzen hustet. Ein leiser, tiefer Rhythmus durchdringt den Schnee. Tiefe Trommeln trommeln. Schwarzer Klang im weißen Schnee. Dam dada dam dada dam dada dam dam dam dada dam dada dam dada dam dam dam dada dam dada dam dada dam dada dam dam dam dada dam dada dam dam dam dada dam dada dam dam dam dada dam dada dam dam dam dada dam dada dam dam dam dada dam dada dam dam. Tacka tack tack tacka tack tack. dam dada dam dada dam dam dam dam dada dam dada dam dam dam dada dam dada dam dam dam.

(Fragment; 1987-1990)

Iason

I

Kalkweißer Chaplin, traumlos aufgebahrt, du hast die Lichter der City gelöscht. Singend zieht ein neuer Narr durchs Land, dessen Mantel an den Enden brennt.

Letzte Ruhe herrscht überm Wahnsee. Schatten schwappen an der Decke, bläulich, petrol, Gischt. Dort drüben liegt der andre und schläft, vielleicht täuscht er Schlaf nur vor, ich glaube nicht, daß es so uninteressant ist. Viel wird passieren in einem Moment. Ich bin ehrlich gespannt. Wahrscheinlich hat mich nur jemand aufgezogen, und das rasselt bald den Berg hinab. Es fehlt etwas. Schnell noch mehr Genuß, soviel, daß es zum Überdruß reicht, und man befreit über die Schwelle stolpern kann, wie besoffen, denn dies hier sind alkoholfreie Gräber ohne Würze. Unfeierlich stößt der Doppelsitzer vom Ufer ab.

Letzte Dinge gibt es kaum. Da, vom Strand her Gegröl, da feiert was und säuft, es ärgert und sticht. Wo man das Gas schon riechen kann!

Unbesiegt lungern Gespenster, und das Wellenrauschen hat die Böschung erklommen, stapft hinauf zum Haus. Lichter schwenken vorbei, hängen am Fensterglas und gaffen. Es geht vorüber.

Warum der andre sich umbringt, fragen Sie ihn am besten selbst, ich unterliege einer Schweigepflicht. Er schläft, die Sau. Sagt das nicht alles?

Musik. Daß man daran nicht gedacht hat! Fetzen reißen aus Sechzehntaktern! Bisher schmeckt der Tod nach nichts, gleitet trostlos schüchtern die Wände ab und auf, ein blinder Nachtwandler ist das, gesichtsloser Bote vom Stern aus Stein, somnambules Mauerblümchen. So tanzt die Braut? Müde, müde. Ein Minusgeschlecht. Ich treib's nicht gern mit Gleichgültigen. Alles scheint lächerlich mit einem Mal. Farblos, witzlos, freiwillig und schlapp, fernab wahrer Notwendigkeit. Dieser Moment des erhobenen Kopfes, des witternden Indianers, es ist wie Aufwachen am Kindermorgen, voll Neugier. Der andere hat es sich einfach gemacht.

Das Gas rauscht. Mit nur wenig Phantasie kann man die Nationalhymne hören. Es strömt, es fließt. Nach wie vor zu Diensten. Wir haben uns eine dumme Art ausgesucht! Ich möchte jetzt ganz gern rauchen, nur eine Zigarette noch, die man ja jedem gönnt. Es ist schon zuviel Gas im Raum. Jetzt muß ich mich entscheiden, bald kippt der Kopf blöde weg. Ich hab' mich zu wenig im Leben entschlossen. Man stirbt darüber. Eine peinliche Situation.

Soll ich den anderen wecken? Ihm ist besser nicht zu helfen. Angenehmer wird er's nie loswerden. Dies ist sein Haus, sein großer Sarkophag. Er wird sich etwas gedacht haben dabei.

Das Gas greift die Lungen an und keine Musik da. Und ich renne, stürze, die Sterne schnuppen vorm Auge, ich habe tausend Wünsche frei, bin Iason, der Sucher. Das geht sicher in Ordnung. Nacht kleidet mich, sagt man. Nasse Kiesel streicheln das Gesicht. Zärtlicheres könnte man von ihnen kaum erwarten. Die Luft am Wahnsee ist so frisch nicht. Meine Zigarette dagegen schmeckt interessant wie die erste und gut wie die nach dem ersten Mädchen. Nun versteh ich die letzten Stunden nicht mehr, es werden auch erste sein. Zurück zu Maul und Bauch und Arsch, laß das Wesen der Verdauung auf mich heruntergrinsen, Bandwurm diesmal, keine Mahlzeit, Transitstrecke zur gloria mundi. Alles neu. Seien wir so nett und schließen die Haustür hinter uns. Wir wollen niemandem etwas verderben und keines Müden Schlaf je stören.

Ich hab ihn sehr geliebt, den andern. Glaubt es, oder nicht. Die Braut hängt weiß in den Fenstern und schreit, in der tintigen Nacht hockt sie und kaut. Jetzt hab ich keine Freunde mehr.

Montagmorgen im September. Spaß wär's, einen Fackelzug ins gedunsene Haus zu laden, mit scharfen Brandreden zum Sturm zu reizen, ins Haus, aufgeblasen vom Gas wie Denkmäler aus Luftballons, der böse Teil des Traums vom Fliegen. Von dieser Sekunde an will ich mehr Werbung für mich machen. Ruinös genug, zu solcher Uhrzeit, zähnefletschend, lässiglässig, keine Lamenti, opera seria, bin das Kind, unschuldiger Bastard der Scheintoten im Sarg geboren, wurde Querschädel am Zinkdeckel, dem Handlungsstränge wie Nasenblut über die Lippen laufen, mir bleiben Baritonarien.

Im Bus naß und schwer in den Sessel fallen und lachen übers hochnotpeinliche Halsgericht. Noch ein bißchen fadenrot...

Ich lebe in Berlin und heiße Iason, ein geflügelter Momententschluß von breiter Tragfläche. Was vorher war, geht niemanden an, zwanzig Jahre wohlige Wüste, die häßlich war selbst unter Wüsten. Darin wollte ich nicht leben bis vorhin, als die Angst vom Vlies erzählte, das zu finden wäre irgendwo. Was meint sie damit? Bin ich ein Detektiv, oder was?

Der Bus wird langsamer. »Wand!« brüllt der Fahrer in sein Mikrofon. Zeit zum Aussteigen. Munter reihe ich mich unter die Schieber, mit begeistertem Grinsen rollen wir die fahrbare Wand den Zeitstrahl entlang. An unsre Stiefel sind Näpfe montiert, für ausgeschwitzte Seelen. Witze fallen. Man ist abgeklärt und dealt Gesprächsstoff. Manche halten sich Helden, andere einen Hund, ich trinke griechischen Wein voll Asche der di indigetes, stetiger Lichtpuls, sakrosankter Vollkontakt.

Nun ist die Hoffnung nie mehr Handschelle des Feindes. Auf die Wand kann man problemlos einen Film projizieren, dann schiebt sich das so leicht, man merkt es kaum. Es müßte ein neuer gedreht werden, sei's, weil die Kopie zu viele Risse hat. Ich bin auch gerissen und ich habe ungern Feinde. Hoffnung ist was für Taubenzüchter. Von nun an muß es mehr sein und de mortuis nihil.

Ich steige auf jemandes Schultern, sitze auf der Wandkante und laß mich schieben. Proteste! Ich spring auf der anderen Seite runter und muß ganz schön laufen. Man glaubt gar nicht, welche Geschwindigkeit so eine Wand erreicht. Durch den Wald, schnell, doch still, keinen Zweig knacken lassen — es sind Gebeine. Erste Sonne umarmen, wenn sie in die Bäume bricht. Nur keinen falschen Rhythmus. Hängebauchhunde stolzieren auf den Trampelpfaden, an Leinen geführt trotten Rentner hinterher, lebendige Wegzehrung, unförmiges Pausenbrot. Sie werden weggezerrt, und ich sammle Holzfällergedenkbildchen. An jedem Pilz steht eines. Der Förster zeigt Nichtverständnis.

Iason kniet und murmelt Blut, verläßt den Wald, beschämt von seinem Mißerfolg hinkt er zum Herz der Stadt, das schwarz in die Trance des Frühnebels pumpt. Halbblind geht er seinen Weg, viel zuviel Gas im Kopf, hält sich für einen Vogel, mit kaffeeschwarzen Schwingen.

In pompöser Prozession tragen Müllmänner durch schnarchende Straßen voran den Gestank der Woche. Geblähte Dächer wälzen sich und furzen feucht, aus den Gullys starren Augäpfel, zerren an den Gittern mit ausgefransten Wimpern.

Darunter rumort der Darm der Stadt, von dahin nach dorthin. Der Rotarsch der Stadt, wundgeschissen, man sieht ihn nicht. Manche glauben ihn zu kennen, anhand von Dreck und Bräune, aber er ist, wo Knochenmann und Langeweile Poker spielen. Das Maul kennt jeder, oder glaubt doch, sich dran zu erinnern, den Bauch die meisten, man sitzt darin und erzählt angstvoll vom Arsch. Ich war ganz nahe dran. Was ich durch die Spalte sah, reicht mir. Da war kein Licht.

Nur das Vlies kann mich retten, das goldene Vlies.

Es gibt wenig Anhaltspunkte. Im alten Rom, an der cloaca maxima, stand ein Tempel der Venus. Jene Göttin wurde aufgrund ihrer Lage Venus cloacina genannt.

Alles ist möglich. Ich besitze jetzt Möglichkeiten zuhauf, könnte jedweden erschießen, ohne meiner Karriere zu schaden.

Das Vlies kann irgendwo sein. Auch die Poesie ist einer Diaspora ausgesetzt und findet sich an unglaublichen Stellen. Man kann eigentlich kaum Fehler machen.

Angeberisch quietschen Hupen, quirlende Wolken umschleichen die Schornsteine, die schwarze Frau wartet, der Pfarrer verschläft, ein ungeheurer Skandal. Die schwarze Frau friert und wird älter. Sie klingelt und klopft. Niemand zu Hause. Sie schwingt ein Seil über den Glockenturm und zieht sich rauf, die Klöppel mit Füßen zu treten. »Hol das Gewehr!« befiehlt ein Vater dem Sohn, aber zu spät, Erz brummt, Smog zittert, Vorhänge blinzeln böse, Fenster spreizen sich und Tag wird ihnen reingerammt. Chaos bricht an. Alles verschwimmt...

II

Andern Einzelsitzern beim Schweigen zuzuhören kann schwerfallen, ich rauch so rum, geb Frieden der Asche und schreib auf jeden Bierfilz ein Vermächtnis. Ich hab gar nichts zu vermachen. Schnell hält man mich für einen Muffel. In den Stunden vor und nach Mitternacht, wenn in allen Kneipen Bündnisse geschlossen werden, zeig ich keine Koalitionsbereitschaft. Man will gegen mich vorgehen.

Ich dulde keine Näherung, egal welcher Sorte, lege monstrativ die Pistole auf den Tisch. Es ist eine sehr alte Pistole. Mein Großvater hat sie vergraben, als Hollywood übers Land kam. Sie war in Lumpen gepackt und trieft vor Öl. Keine Ahnung, ob sie überhaupt noch gebrauchsfähig ist. Ich will's auch gar nicht wissen, will nur mit deutlichem Vorsprung am Leben bleiben, um das Vlies zu finden. Eitel und gewagt, sicher, aber immerhin eine Beschäftigung. Ich bin mir noch keine Gewohnheit geworden. Jedes Muskelzucken ist ein Wunder. Liebe Städte, seid ruhig und laßt mich, ich mag euch mehr als ihr denkt. Wenn ihr auch zu mir ein wenig lieb seid, ist euch ein netter Bierfilz gewiß.

Die Insassen dieser Kaschemme ... Dinge, die abwarten. Kalte Sonne, stumpfe Messer, Schnäbelhacken, Gruppenbröckeln, Abgeber. Ausgebootete Häfen. Poröse Monumente und ausgelassene Knochen, wenn ein Gönner seine Runde macht. Gewesenes betäuben und beschwören sie zugleich. Ihnen gehört die Gegenwart. Ein äußerst schmales Stück Zeit, ein Schwebebalkentanz. Sie keifen sonor, Geiferzungen sprühen meine Stirn naß, trickreich stiehlt man die Pistole, um triumphal auf mich abzudrücken. Jetzt weiß ich wenigstens, daß sie nicht mehr funktioniert.

Man schmeißt ihn aus der lähmenden Wärme der Bierkirchen. Die plötzliche Heiligkeit seines Auftrags hat ihn der Gehkraft beraubt. Er gleitet an den synthetischen Lichtern des Boulevards hinunter, pioniert das Pflaster, und fiese Nutten — die für Touristen — hauen ihm Absätze um die Ohren, daß es rauscht. Das Trickreich macht mobil, erkennt ihm die Staatsbürgerschaft ab. Er sieht viele Farben, vor allem grün und blau. Aber die Nacht könnte genausogut gelb sein. Überhaupt gibt es nichts, das nicht gelb sein könnte. Soviel zur Farbenlüge. Was Formen betrifft, so kennt auch die Sprache der Absätze beeindruckende Metrik. Unter allen Schuhen sind die der Touristennutten wahre Hexameter, klackadi klackadi klack. Und im Schimpfwort darauf saust's melodisch herab.

Iason würgt einen Baum aus der getopften Reihe, einen undekorierten Soldaten des Heeres der Bäume. Er öffnet auch Tankdeckel, zapft Benzin, legt Feuer an ein Tanzlokal, geht hinein und tanzt mit all den großen Augen, die im Rauch zu tränen beginnen. Gedrückte Stimmung kommt auf. Iason tanzt zur Musik der Schreie und Sirenen und — das ist fair — bleibt bis zum Schluß. Gelacktes Holz schmelzen sehn und Blasen werfen. Glühbirnen platzen, aus dem Stroboskop entsteigt ein Blitz, und das Licht des Feuers ist so dunkel. Eine breite flambierte Bar, nach den üblichen Riten geopfert. Zum Weinen schön. Er wird rührselig.

Später am Morgen sieht er einen Hund im Hinterhof, im Hinterkopf einer Schädelkaserne pissend stehn. Dann schlagen deutsche Schaufeln auf das Rauhhaar ein, bis es winselnd an den Tonnen liegt. Und die Schaufeln wippen im Takt des Schmerzes. Das rührt ihn gleich noch mal, beinahe zieht er die Schaufelträger zur Rechenschaft. Sie sind aber zu zweit, und nach Clausewitz darf man nur mit vierzigprozentiger Überlegenheit angreifen. Also kauft sich Iason wuchtige Stiefel, denn mit wuchtigen Stiefeln ist man zu dritt, und wo drei stehn in Iasons Namen, braucht man kaum noch Scheu zu hegen.

Selbst tote Ratten heb ich von der Straße, um nachzusehn, ob sich das Vlies drunter verbirgt.

Mein Appartement heißt Sophie. Die Klingel heißt Heidegger, die Schwelle Heraklit und die Tür Nietzsche, aber nur, wenn man von innen kommt. An den Wänden hängt nichts, sie heißen Hegel, Fichte, Schelling und Descartes. Das Spülbecken nennt sich Rousseau, der Fußboden Schopenhauer, der Tisch Epikur, das Bett Hedon. Ich besitze einen Fernseher namens Protagoras, eine Kochplatte Gorgias und ein Scheißhaus, das heißt Platon.

Das brauch ich alles nicht mehr, es soll brennen und brennen. Kurz bevor ich Sophie verlasse, läutet Freud, das Telefon. Jemand will wissen, was das sei, das Vlies? Ich weiß es ja nicht. Jemand fragt weiter, was es damals denn gewesen wäre. Ich sage, ein goldenes Stück Fell, und jemand ruft: »Eine reiche Möse ist gemeint, ganz klar!« Ich antworte, daß die Dinge nicht so einfach liegen, wie das Jahrhundert mal gedacht hat. Danach wird der Qualm zu stark, und ich muß Schluß machen, sage, ich hätte was auf dem Feuer, und lege auf und renne raus.

Im Traum der Argonautenzug durch Stadtkanäle, eng, grau und voller Kacke, da stampfen sie, geordnet in zwei Reihen (links Bibelschreiber, rechts Bibelleser) und die Hand am Plastikschwert. Sie schlüpfen in ein Windhöschen mit viel Geziefer, und die Krieger tragen Kerze statt Hirn, zittrige Lichter gehen da auf und ab, und »Kommt!« ruft eine Kerze, »wir sind zu lange hier, wir gehen aus!« Auch ich such nach Amüsement, nichts sonst. Gloriole trag ich nur am Frühlingsanfang.

Berlin ist verrostet und scharf und ich ein Findelfleisch. Die

Stadt hat sich in mich gekeilt und kettet mich. Hier ist nichts zu retten, außer der Sprache, die überall zu retten wäre. Dort summt die letzte Biene des Sommers. Ich nenne sie Summsumm. Ha! schreien die Dudenluden, und wie nennen wir die Wespen? He? Wespen sind eine politische Erfindung, glaubt mir. Ach? Und die Fliegen? Was ist mit den Fliegen? Die nennen wir Bsss. Aber das wird Auslegungssache sein. Eines Tages find ich das wahre Abetsee. Deduktiv dahin.

Der ist komplett verrückt! schreien die Zweifler. Auf ihre Weise haben sie das Recht, so zu reden. Nur der Zweifel hält noch seine Ausgangsstellung inne.

Mitten im lasziv wühlenden Smog um zwei Uhr morgens tauchten Sterne auf und ich blieb stehen, um mir den Moment genau einzuprägen, wollte mich, wenn alt geworden, genau daran erinnern, bewußt, daß ich jung war damals und Möglichkeiten hatte und keine Ausflüchte nötig. Das fand ich wichtig.

III

In den Straßen lungern Propheten jeder Couleur auf der Gatter nach Jüngern. Manche haben ihre Ansichten in einem netten Sätzchen zusammengefaßt und Postkarten davon drucken lassen.

Iason ist an diesem Tag nicht zur Wand gekommen. Man wird ihm die Kündigung aussprechen, falls er kein Attest vorweisen kann. Dunkel erinnert er sich an seine zuletzt so heiße Sophie und hüpft zickzack durch den Müll, Leben zwischen Tränen — und Lachgas. Sophie stand immer offen und Gorgias erhitzte das Futter ohne Murren, und wenn es nun kalt wird, fehlt Hedon ihm doch sehr. Sein Denken wird steif, er sieht die Welt durchs Zielfernrohr.

Iason fliegt kreischend durch die Menge, die sich fett windet, Spektakel zu sehen. Wogende Straßen im schreiverdreckten Meer der klirren Stadt, Demonstration, Megaphone, Schockwirkung der Polizei in antiker Rüstung, Infanterieverband, geschlossen auf mich, wuchtig, zurennt, schon stürzt sich, Qualle, pulsierende Qualle, Stoßtruppentaktik, brutale Schweine, zweite Hundertschaft Mariendorf, knüppeln nieder was grinst, brüllend ein Haufen aus Schildern und Helmen und Beinen und Stöcken. Barrikaden aus bunten Pappkartons brennen, Autoreifen pumpen Rauch in den Himmel, ich schleppe mich hustend, spuckend in ein Gasthaus.

Nach einem schnellen Bier wird er angehalten, aufgehalten bei der Vliessuche. Man zapft ihm Personalien ab. Höflich verweist er darauf, als Argonaut Narrenfreiheit zu besitzen. »He, Jungs, ich hab hier einen Astronauten!« Alles lacht. Man gibt ihm seinen Paß zurück. Angewidert schmeißt er ihn fort. Drüber fliegen Steine weg, Wasser wird geworfen und Gaspatronen zuhauf. Es sind Kämpfer mit Feierabendanspruch. Zu denen will ich mich nicht gesellen. Die Luft atmet sich pelzig und bitter, die Abenddämmerung ist ein silbernes Meer aus Stanniol. Man wird von reflektierendem Schimmer auf Händen getragen, quer durch die niedrigen Schluchten. Wenn das Licht über die Kante kippt, gefriert der Bauch. Ich habe Hunger.

Ich habe auch Freunde. Sie scheinen froh, mich wiederzusehn. Ich erzähle von verlebten Tagen. Wenn man die Passanten fragt, ob sie das Vlies gesehen haben, sehen sie einen an, als hätten sie's, und man wolle es stehlen. Das kränkt mich. Meine Freunde sind verschreckt, raten mir ein Bad zu nehmen. Gut.

»Ich bin Iason«, sag ich ihnen und »Wir sind die Jäger. Wir fällen das Leben und wärmen die Höhle!« Sie nehmen es wohlwollend zur Kenntnis. Sie haben einen immer gern, wenn man Neues bietet. Zufällig sammeln sie sich heut zu einer Feier.

Wenn du wissen willst, wie bedeutend du bist, leg dich in eine gefüllte Wanne, die Ohren unter Wasser, deinen Mund forme spitz, als wolltest du spucken und ahme tief im Kehlkopf ein Motorrad nach. Der Klang wird dich stark von dir überzeugen.

Eine Frau setzt sich an den Wannenrand, mit traurigem Gemüt, das man gleich streicheln möchte. Sie ist verliebt. Nicht in mich, sondern in den anderen. Ihre Knie glänzen vor Lust.

Sie fragt, ob ich ihn getroffen hätte, er habe so lang nichts von sich hören lassen.

Ich sage, der andere habe sich zurückgezogen und eine Würmerzucht gegründet, alle mitteleuropäischen Sorten, den ganzen Tag sei er mit ihrer Fütterung beschäftigt.

Sie schüttelt amüsiert den Kopf. Ich küsse ihren Oberschenkel. Sie tätschelt mir über die Stirn und empfiehlt sich, zurück zur Party. Es gibt viel zu trinken.

Ich spiele Kaktus auf dem Balkon. Ihr könnt mich alle. Sie wundern sich und fragen, bedrängen mich, stupfen, sticheln, warum Sophie verbrannt sei, ob ich überhaupt davon wisse, ob ich vielleicht auf Urlaub gewesen sei und so weiter, ich entkomme aufs Schindeldach, der Mond hockt über den Schloten und stiert in beschlagene Fenster, das Grauen schüttelt mich, wenn ich an den anderen denke, die Silben liegen brach und finden nicht zueinander, leere Vulkane und die Sprachlosigkeit von Löchern. Ich schlage mit der Flasche ein Kreuz und lasse sie fallen. Wohlklang. Sie stehen alle unten auf dem Gehsteig und winken herauf, sagen, daß ich mich verändert hätte. Das wenigstens haben sie bemerkt. Ein grausamer Lachanfall stochert in mir. Ich habe diesen Sommer soviele Mücken erschlagen, jetzt wird's mir zurückgezahlt. Über den Dächern glänzt der dunkle Mythos der Argonauten, ein Schein, blutsgetropft auf heißen Grabstein der Weisen, Selene, Nacht und Mondgebet. Ich decke das Dach ab, werfe mit Schindeln um mich, das ist nicht nett, sicher, es tut mir auch leid. Ich bitte vielmals, vielmals, ich weiß wirklich nicht, ihr seid doch meine Freunde, ich kenne eure Einzelheiten und hab euch meistens lieb, warum tragt ihr Medusenköpfe? Ist Höllenkarneval? Es war so furchtbar und ihr habt mir doch geholfen, warum also will ich euch mit Schindeln treffen, die keinen natürlichen Feind außer dem Regen kannten, warum sollt ihr Fratzen aus Narben und Zorn tragen? Es tut mir sehr leid, mehr ist da nicht zu sagen.

All die Hände, die beruhigend fassen, mit Rosenstacheln ihm das Herz massieren, ein letzter Ruhmeskranz aus Stacheldraht, und Schlangen schnüren sich ins Fleisch, der Boden schwankt, ein Film verschmort gelb und braun. Rauchende Geysire, warmer Dampf, Dorngestrüpp, sie tragen mich, tragen mich voran auf ihren beruhigenden Händen. Mögen Millionen Meteoriten vom Planeten der Scheiße herunterkrachen auf diese Gemeinde. Es sind keine Königshöfe mehr, der Narr gehört ins Narrenhaus. Dort gibt's gepolsterte Gräber, schwarz und weich, der Schmetterling taumelt über dem glühenden Grill.

Es tut mir so leid alles, wirklich, unwirklich, sei es wie auch immer.

IV

Rhythmik des Widerhalls der Fragen. Die Saugnäpfe kleben gleich Blutegeln auf meiner Haut. Im Fenster kämpfen Nacht und Schnee ein kompliziertes Spiel. Anfangs war diese Jacke demütigend, nun macht sie Spaß, beweist meine Gefährlichkeit. Ich will nicht gefährlich sein, will aber gefährlich sein können, nichts Besonderes. Wenn es mich wo juckt, dann ist es grausam, kein Kratzen möglich, man versucht sich irgendwie abzulenken und wird sehr anspruchslos, was Ablenkung betrifft. Eine Schneeflocke genügt. Ha! schreien da wieder einige, was will er denn? Ist eine Schneeflocke doch Wunder genug und schön und architektonisch gewaltig und ihr Schmelzen am Fensterglas eine Tragödie gar Sophokleischen Ausmaßes!

Die spinnen alle, jetzt weiß ich's endlich mit Gewißheit. Sicher gibt es Dinge genug, die mehr Aufmerksamkeit verdient hätten, aber man kann auch übertreiben, Poetaster! Nun, in der Not betrachtet Iason Schneeflocken, er wird Schnee dafür den Rest seines Lebens hassen, das ist gerecht. Sein Gehirn ist ziemlich kräftig im Filtern von Störgeräuschen, er hört jetzt nicht mal mehr die Schreie.

Ich habe den letzten Rest Herbst verschlafen. Es muß November sein. Alle Schatten werden so hell. Die Ärzte schimpfen mich aus wie ein ungezogenes Kind. Ich war niemals ein Kind, kann mich einfach nicht daran erinnern. Als ich klein war, war ich ein Liliputaner, das ist alles. Man hat mich schließlich in ein Bett mit weißer, sauberer Decke verfrachtet, dort lieg ich neben Sabberern, und oben ist noch eine weiße Decke, die Decken sind wie alles Gleichartige einander zugewandt, in heftigem Flirt, sie kommen sich näher Tag zu Tag und wollen sich vereinigen. Das wird eng werden. Die Ärzte suchen meine Ösen und werden nicht fündig. Sie sind unglaublich inkompetent. Für ein Glas griechischen Weins würde ich drei Tage lang erzählen. Sie sind keine sehr praktischen Ärzte. Es wurmt sie gewaltig. Sie schmeicheln und drohen und spritzen mich taub. Das alles amüsiert mich. Was soll man sonst machen aus der widrigen Situation? Manchmal, wenn sie sich hineinsteigern, und alles geben, was sie gelernt haben, nicke ich zu einem ihrer Ausrufezeichen Beifall, dann schütteln sie den Kopf, und ich kann lachen, selten genug. Sie behaupten, ich hätte einige Freundesköpfe bös verschindelt. Das ist bestimmt eine Lüge. Daran würde ich mich erinnern.

Der Tag hier bietet wenig Freuden. Ich muß diesen Ort verlassen, bald, es wird langweilig. Neben mir die Sabberer dösen hin im Notlicht, bis auf einen, der singt leise, tief und sanft, der wird Troubadour genannt. Seine Stimme klingt ausgebildet, er bevorzugt Fragmente schwieriger russischer Arien aus Opern der Jahrhundertwende. Manchmal kann ich ihm ein Stichwort geben, wie es weitergeht, aber darauf läßt er sich nicht ein und wechselt den Komponisten. Dargomischskij, Mussorgski, Rimski-Korsakoff, Borodin, Tschaikowsky, aber auch, man staune beim Hören, Cesar Cui, dessen Opern ja wirklich nicht auf Platte gepreßt werden. Eine davon heißt »Der Gefangene im Kaukasus« und paßt vom Titel gut hierher.

Ein anderer der Patienten (welches Wort ich verwende, weil es von lateinisch patiens = erduldend kommt, und wir hier wahrhaft sehr geduldig sind) wird Orange genannt, da er andauernd von Südfrüchten erzählt, wo sie wachsen und wieviel Sorten es gibt. Sein Name wird übrigens ›Orankschee‹ ausgesprochen. Seine Erzählungen drehen sich meist um Orangen und Zitronen, selten um Mangos und Kiwis, man sagt, er käme von jenseits der deutschen Mauer und sei über dem exotischen Angebot verrückt geworden. Seither läßt er nur Eingebürgertes gelten und vertritt eine konservative Linie.

Mir ist das egal. Er soll da rumliegen und erzählen, was er will, zum Beispiel, daß eigentlich die Zitronen Amerika erobert hätten, weil ohne sie die Eroberer vom Skorbut zerfressen worden wären. Sehr richtig zweifellos, aber man weiß ja nicht, welche Taten das Volk der Guaven und Maracujas einst vollbringen wird oder schon vollbracht hat. Man sollte Oranksche schnellstens hier rauslassen und in ein deutsches Feuilleton plazieren, wo er sich zwar nicht geheilt, aber wohler fühlen dürfte.

Die meisten vom Rest tragen keine Namen, reden nichts, nehmen kaum wahr und stören niemanden. Wenn sie einmal auffallen wollen, können sie nur ins Bett kacken und die Umgebung mit ihrem Gestank drangsalieren. Man sagt oft leichtfertig, es sei überall das gleiche. Dies ist nicht leicht zu widerlegen.

Es wird viel gewixt. Die Nächte sind ein langes Stöhnen aus vielen Betten. Das erinnert mich an die Skilager, in denen ich als Liliputaner zwangsweise gewesen bin. Wenn der Troubadour sich befriedigt, singt er dazu die Liebesszene aus Boris Godunow, beide Partien in Baßlage, klingt seltsam, aber interessant, und kurz vor dem Orgasmus intoniert er die Hebungen hart. Wenn man im Narrenhaus zu denken beginnt, wird man schrecklich normal, das Wertesystem neigt sich der Bürgerlichkeit zu. Der Troubadour ist stark behaart und macht große braune Augen, und er wirft seinen Gesang gegen die Wand, als wär eine Geliebte dahinter eingemauert. Das ist alles Kino, das ich besitze, und ich möchte mich bei ihm gern revanchieren. Ich erzähle von Cui, Mussorgski und den anderen, aber er spricht nicht mit mir. Er spricht mit niemandem. Er singt bloß. Er ist der gröbste Künstler, dem ich bisher begegnet bin.

V

Einer ist bloß hier, weil man ihm verweigert, ein Ende zu setzen. Den behandeln sie, als wär er ein Massenselbstmörder, und Endsetzen Kapitalverbrechen. Angeschnallt und schweigend wartet er die nächste Gelegenheit ab. Das ist kein Leben, so als erwischter Tölpel. Sein Mund sucht Dinge zu erhaschen, an denen er sich verschlucken kann. Ich beobachte seit einigen Tagen, wie lang Zähne brauchen, um ein Kissen zu zerbeißen. Er will sich anscheinend mit Federn vollfressen.

Oranksche erzählt Bananenwitze von drüben. Wir lachen wie die Irren. Seine Stimme ist das Staccato einer bronchitischen Orgel, wenn er von der Apfelsine seines Lebens spricht, rund und saftig, daß es spritzt, wenn man hineindrückt, die sich leicht und willig schälen läßt. Wenn es nicht zuviel verlangt ist, sagt er, soll sie Blutorange sein, aber ohne Kerne. Wenn der je hier rauskommt, wird er sowieso nur noch Auswahl unter Orangenhäuten haben.

In der Nacht preßt sich ein Schneesturm gegen das Gitter, der Hofgang wird entfallen. Iason wühlt in vergilbten Romanzen. Der Troubadour vermengt Gounods Cäcilienmesse mit einer Stelle aus dem Parsifal. Wahrscheinlich gibt es nirgendwo größere Wünsche als Klavierbegleitung, Tod und Ejakulation. Dennoch.

Ich habe die Macht, weil ich mich riskiere. Habe mich auf Schwarz gesetzt, und die Kugel rollt über mich hinweg. Am Morgen ist der Selbstmörder überraschend weit fortgeschritten. Er liegt epileptisch verkrümmt, mit raushängender Zunge. Das Kissen ist voll Erbrochenem, doch er hat es nicht zerbeißen können. Jemand muß ihm geholfen haben. Der kräftigste der Pfleger nimmt seinen dürren Körper auf die Schulter und geht ab. Es ist grad keine Tragbahre frei.

Ich habe mich aufgeschlossen und rede mit den Ärzten betont vernünftig. Mir ist jedes Mittel recht, diesen Ort zu verlassen. Die Ärzte wollen meine Vernunft nicht, noch lange nicht. In ihren Gesichtern spiegelt sich Peinlichkeit, wie wenn man einem Kind zuhört, das Floskeln Erwachsener gebraucht. Erst wollen sie mir einen Schüsselsprung nachweisen, danach den Heilungsprozeß einleiten, aber langsam, ganz langsam, durch alle Instanzen.

Und wieder Nacht, das gedämpfte grüne Licht im Saal und die weißen Raupen, die sich in ihren Bettkästen grunzend herumwerfen. Der Raum ist gut geheizt, die trockene Luft schadet den Stimmbändern des Troubadours sehr. Er verstummt. Es ist ganz still. Der Wärter auf dem Stuhl neben der Tür läßt seine Zeitung fallen, und sein Kopf sinkt schnarchend auf die Brust.

Man muß es probieren. Ich schleich an ihm vorbei. Oh, wenn man mich erwischt, wird man dreinschlagen, bis nichts mehr von mir davonrennen kann. Und wenn ich hierbleibe, wird das Vlies sich mit einem anderen gaudieren und verbraucht sein, bis ich komm.

Die Gerüche von Desinfektion und lauwarmem Tee mischen sich auf dem Gang. Schritte von dort und Schritte von da. Es ist kein Ausweg zu sehn. Die Tür zur Wäscherei steht offen, dort verberge ich mich unter Laken und Putzlumpen und bleibe eine Zeitlang einfach nur verborgen sitzen, die Kniee zittern, wie seit der Kindheit nicht mehr. Es gibt in der Wäscherei einen Lastenaufzug, gebaut für fünfzig Kilo. Ich weiß nicht, wo der hinführt. Man muß es probieren. Ich zwänge mich rein, und das Brett saust runter in einen Kellerraum, spuckt mich zwischen Gebirge aus weißer Wäsche in Klarsichthüllen.

Die Stahltür des Raums ist verschlossen, aber ein Gitterchen vom Lüftungssystem deutet geradewegs in eine große Höhle. Das Gitter ist schnell rausgerissen. Nun müßte ein Hammer her, um das Loch zu verbreitern. In dem ganzen Raum gibt es kein Werkzeug, nicht mal einen Schraubenzieher, nicht mal eine Kuchengabel. Halbe Stunden vergehen, zwei, drei, vielleicht vier... Dann trete ich, aus Ohnmacht und Verzweiflung, mit Füßen gegen den Rand des Lochs. Putz bröckelt. Das alte Backsteingemäuer ist morsch. Ich plaziere mich vor das Loch und trete im Liegen, lange, lange.

Der Knöchel hüpft bald aus dem Gelenk, wilde Schmerzen jagen bis zur Hüfte hinauf, und der Staub macht Husten. Mit links tritt es sich schwer. Man muß es probieren. Schließlich fällt ein größeres Stück aus der Mauer. Und noch eins. Auch mit den Krallen arbeite ich und mit den Scherben einer Putzmittelflasche, die sich zwischen den Wäschebergen fand.

Es ist noch so eng, das reißt mir Haut von Schultern und Beinen. Blutend landet das meiste von mir in der Tiefgarage. Ein paar der Wagen sind unverschlossen, jetzt ist es einfach. Ich schließe einen Ford kurz und fahre an, hinaus in den dunkelgrauen Morgen. Man muß es probieren.

Neben dem Pförtnerhäuschen legt sich ein rotweißer Schlagbaum quer, der zersplittert zum Glück aus Holz, die Windschutzscheibe bekommt Freudensprünge, und ich weiß das süßeste Wort des Deutschen: DRAUSSEN!

Ab in die Kurven Richtung Wahnsee. Im Radio wird gesagt, es sei Sonntag und beim Gongschlag schon wieder etwas. Es ist schrecklich kalt, ich hätte vielleicht eine Zwangsjacke mitnehmen sollen aus der Wäscherei, besser als nichts.

Der Stirnschweiß vereist. Träume glühen auf, von einem sonnigen Palast neben Laubbäumen, mit Mücken und Bächen und langen Tischen und einem Gedeck aus unbekannten Delikatessen.

Man muß es probieren.

VI

Iason versteckt den Ford im Wald, watet barfuß durch eisigen Schlamm, über frischen Schnee und gefrorene Wurzeln. Endlich am Haus, muß er warten, in der Kälte stehen, stundenlang lüften. Zitternd steht er unter dem Türbogen und winkt das Gas an sich vorbei, gleicht einem alten Araber, der beiläufig Fliegen verscheucht.

Gegen Mittag begrüßt er das geschwollene Gesicht seines Freundes. Es sieht beleidigend aus. So wird es auch gemeint sein. Ein stummes Warten folgt, eingehüllt in Decken und furchtbare Angst.

Dann nimmt er Besitz von dem Haus. Nachts fährt er mit dem Ruderboot hinaus und versenkt den Gestank im See, beschwert mit der Onyxplatte eines ebenso schönen wie zum Spiel nicht geeigneten Schachtisches. Der wird Porto genug sein für den Brief an den Grund.

Dann nimmt das Haus von ihm Besitz. Fieber flackert auf, ein Funkenprassel und Glocken aus Dünnblech. Das Haus hat gewartet, die ganze Zeit. Es stülpt sich über mich und klebt in meinen Haaren, geschmolzenes Plastik. Ich versuche, so unnahbar wie möglich dreinzusehn.

He, ihr blassen Tanzwolken da draußen, tanzt für mich! Hebt die Röcke! Hier sind nur die Farben, die in leeren Kirchen romanischer Bauart wohnen.

VII

Mit Lider durchbrechenden Lichtwellen strandet der letzte Traum und schnappt nach Luft. (Es waren lauter Fischträume, Korallen, Quallen, schnelles Geschwimm und ähnliches.) Da ich kaum aus neuen Schenkeln geglitscht bin, ist es wohl überstanden. Es bleibt Klebstoff am Körper, Würggeschmack im Mund und jene fahlen, verwaschenen Farben ringsum. Weit weg ein Schallmauerbruch. Ich schleudere die naßgeschwitzten Laken fort.

Allein, in einem großen Haus (zwei Stockwerke, sieben Zimmer) kann man sich auf vielfältige Art unterhalten. Zuerst durchsuche ich alle Schubladen und Schränke, denn erstens stehe ich dem Haus noch feindlich gegenüber, will seine Geheimnisse und Inhalte erfahren, und zweitens – ja, das Vlies könnte auch hier sein – auf dem Dachboden vielleicht, vor Jahrzehnten achtlos abgelegt.

In so einem Haus gibt es wirklich sehr viel, aber das meiste ist privater Natur. Ich habe Briefe gefunden, die ich dem anderen schrieb. Der Stil hat mich sehr amüsiert, ich konnte nicht glauben, daß ich das gewesen bin.

Im Keller stehen Regale voll Wein. Es sind auch teure Zigarren da und einige Konserven. Das Telefon ist tot, schade, ich würde gern mit jemandem reden. Es gibt Musikinstrumente in diesem Haus. Es gibt einen Billardtisch und sonstige Beschäftigung. Nach Vlies sieht es nicht aus, aber ich bin noch zu müde fortzugehn.

Am nächsten Tag klingelt jemand. Es ist eine Frau, die fragt, ob der andere da ist.

Nein, sage ich, da ist er nicht.

Sie will auf ihn warten. Ich sage, das hat keinen Sinn, da kann sie lang warten, aber es stört mich nicht, wenn sie hier wartet, denn ihr Anblick ist angenehm. Sie bedankt sich artig, und schwarz spülen ihre Haare um die Säule ihres Halses, und Namen bedeuten nichts, Namen sind belastend, sie ist Medea, das ist bedeutend, und ich erhasche ihre Hand.

»Das Haus gehört jetzt mir«, erkläre ich.

»Du meinst, er wohnt gar nicht mehr hier?«

»Genau. Willst du mein Gast sein? Ich habe Wein genug.«

Sie willigt ein, ihre Zunge zischelt lustig, grüne Augen zwinkern. Der Blitz grellt mir ins Hirn. Ich werde forsch. Das geht zu weit. Sie flieht.

Ich weiß, irgendwann kommt sie wieder, dann, wenn ich sie nicht mehr brauchen kann.

Ich habe auch Geld gefunden zuhauf. Das ist gut, denn abends klingeln Polizisten, und ich muß durch den Garten abhaun. Die wollen mich zu meinem Vlies zwingen, wie?

VIII

Ein Mann zieht eine Pistole und putzt sie, auf offener Straße. Das ist wohl seine Art, etwas anzudeuten. Berlin ist voll von solchen Leuten.

Ich werfe Seitensprungblicke auf alle schönen Mädchen und seh mir auch die Verrückten an und die Säufer, die frierenden. Einer von ihnen flüstert: »Nur nicht das Schnaufen vergessen, nur nicht das Schnaufen vergessen, nur nicht...« Es beeindruckt, wie sehr die Leute an sich hängen, wie schwere Gewichte.

Zuerst bin ich ins Zwölfstundenkino, Bilder flimmerten da bunt, und die Sessel waren aus rotem Plüsch, und ich glaubte, wenn man die aufschneidet, quillt Fleisch heraus, Eisbein, was sonst?

Ich würde die Stadt so gern verlassen. Es gibt da Möglichkeiten. Wenn man sich ein schwülstiges Abendessen leisten kann, wenn also der Beutel voll ist und froh klimpert, gibt es durchaus Möglichkeiten.

In Kreuzberg sitzt mein Privatkontakt zur Unterwelt, ein alter Bekannter, mit dem ich im ganzen Leben nur Belangloses geredet habe. Das zerstörte Viertel schwemmt die Nüchter in den Kopf, die herbe Kälte, Wüstenzirkus. Er haust bei einem alten, gegerbten Türken, dessen fetter, glatzköpfiger Sohn im Hof Autos repariert. Er lacht, als er mich sieht, Nickel nennt man ihn, wegen der in seinen Kreisen unüblichen Brille. Er bittet mich in eine kleine, helle Küche, voll grüner schlanker Flaschen schlechten Bieres. Der Winter ist mild geworden, der Schnee geschmolzen, vor dem Fenster glotzen mich seifige Pfützen an wie Gallertaugen, die nichts mehr sehen, nur noch sagen.

»Was willst du denn?« fragt er, während die fette Frau des fetten Automechanikers beginnt, Geschirr zu spülen.

»Ich brauche einen Paß.«

»Ja? Hätt' ich nicht gedacht, daß es mal soweit mit dir kommt.«

»Ich muß hier weg.«

»Hast Geld?«

»Ja.«

Nickel verlangt fünftausend. Soviel ist es, und für eine Flugkarte wird es auch noch reichen, vielleicht nach Pinara in Lykien, wo das Gebirge voller Löcher ist, eingehauene Gräber, das könnten meine Spielhöhlen werden. Er sagt, ich könne hier warten auf den Paß, und bietet ein brauntöniges Zimmer an, mit Blick auf den Sumpf.

Das fette Paar hat eine dünne Tochter, die sitzt über Büchern, und der Mechaniker hat es nicht gern, wenn man durch ihre Türe sieht. Sie ist ein hingehauchtes Aquarell von indianischer Schönheit und wurde bestimmt nicht weit von Kolchis geboren. Sie taugt viel eher zu Medea als diese Schnepfe, die mir die Bullen auf das Haus gehetzt hat.

Nickel sagt, ich solle mich da raushalten, der Mechaniker sei ein Henker, wenn es um seine Tochter ginge. Tja...

In der Nacht träume ich, durch riesige, ungebrochene Wälder Skandinaviens zu laufen, bis ich an einen kreisrunden See komme, spiegelglatt gefroren, ganz klar, und ich gleite über das Eis, bis ein Bild mich stillstellt. Zwei Meter unter dem Eis liegt ein Mädchen, mit ausgebreiteten Armen, nackt, und ihr langes Haar strömt steif. Grauenhaft. Und da ist ein Haus am See, ich kenne es gut, das Dunkel walzt den See zum Meer aus und frißt die Wälder, das Eis schmilzt, der Boden rutscht fort, und ich tauche hinab, den Körper jenes Mädchens suchend, seh ihn schwimmen, Ballett einer verspülten Nixe, dann kommt die Welle, ungeheuer, meterhoch, schleudert mich gegen die Stellwand, die ein hundsgemeiner Gott vor mir aufklappt.

Dann erwache ich, das Zimmer kreist aus, pendelt mich ein. Nickel, mit immergrünen schlanken Flaschen, versucht zu erheitern und rezitiert aus seinen ungesetzlichen Werken.

Ich überlege zartbitterböse Worte, mich auf meinem Grabstein zu beschweren, aber feste, feste in die Erde pressen, will nicht zurück, wenn ich erst mal dort bin. Deshalb hab ich's auch nicht so eilig mit dem Hier. Dumpfes Fensterstarren, Warten auf den Paß.

IX

Diese junge Türkin, die nagt an mir. Ein stummlächelndes, großäugiges Käfigtier antiquierter Anmut. Die Langeweile spießrutet mich fürchterlich. Meine Phantasie stiebt wie ein wildgewordenes Pferd davon und schleift den Körper hinterher, durch Müllstreu, Kaldaunenschlamm und andere Sauereien. Kreuzberg ist vom Fenster aus sehr idyllisch. Draußen streichen alte Nutten rum, mit Zahnlücken, Frauen, die vor dreißig Jahren in den Charts waren, deren Preise nur noch knapp über denen der Juke-Boxen liegen. Straßengangs ziehen, mit Recordermusik und harmonischen Schritten, kann sein, sie schlagen dir den Schädel auf und fressen die Fliegen heraus. Nachts brennen Feuer hinter den glaslosen Löchern der aufgegebenen Häuser. Was die Besetzer nicht besetzen, bleibt den Pennern. Es ist besser, an Medea zu denken. Da entgleist der Blick sofort ins träumliche Sehen, drückt den roten Knopf auf der Stirn, Schleudersitz der Vorstellung. Den Babydämonen bin ich Ausbildungsgerät.

Ich habe versucht, Medea zu sprechen, auf dem Flur, in der Küche, sogar, wenn sie zur Toilette ging. Jedesmal lungerten die wachen Augen ihrer Mama irgendwo. Nachts bleibt nur das Fenster, einziges Kino, dunkles Theater, niemand singt, niemand klatscht, ein paar Feuer bei den Kulissen und manchmal Schreie. Hinter der Wüste ist der Wald und dahinter die Hinterwäldler, und dann kommt der Mythos.

Medea trägt ein Kleid aus tausend Schmetterlingen, ich bin so verliebt... Außer ihr ist hier doch nichts mehr eine Beschreibung wert; alles das stirbt. Der Arzt wendet sich ab und sagt zum Priester: »Du bist dran!«

Medea dagegen, Sehnsucht in Person, sie tüncht ihre Vergänglichkeit hinreißend! Käme jemand und sagte, dieses Mädchen sei in hundert Jahren knochenbleich, ich würde ihm ins Gesicht schlagen, als beleidige er die Erde selbst. Mirakel menschlichen Bedürfnisses dulden keine Zeitlichkeit. Seit heute bin ich demgemäß unsterblich.

Das Problem des Mythos, wie gesagt, ist, daß er (einzig praktikable Wahrschaft) fernab vom Geschwätz der Städte liegt, und man sich in eine verheerende Naivität stürzen muß, ihm nah zu kommen und nicht als steuerloser Abklatsch durch die Straßen zu trudeln. Ich glaube, daß ich nichts glaube, Schierlingssäuferdrecksau, und ich weiß, daß du nichts wußtest, du Christus für Gebildete! Man hat sich ja so oft auf die Liebe geeinigt, wenn man zu feig war. Je denn.

Iason läuft in Medeas Zimmer, dem Mythos auf die Bocksprünge zu helfen. Sie bleibt still, sie sagt kein Wort, richtet sich auf und umarmt ihn. Na, das ist es doch, das hat Iason doch kaum glauben wollen. Der Mythos aber behält immer recht.

X

Der Paß ist fertig und sieht akzeptabel aus. Ich bitte um eine weitere Nacht der Bleibe, das gewährt man, und ich beschließe, mit Medea zu reden. Wir haben einander beschlafen, aber geredet wurde fast nichts. Es war wie im Traum. Sie muß ja mit mir gehen und bei der Vliesjagd helfen.

Die Körpersprache ist oft ein Totschweigen, und das ist gut, doch muß auch ein Vertrag verhandelt werden, wenn es um das Äußerste geht, das Vlies zu finden, jenes, was wir auf Erden verloren haben, vielleicht nichts, aber das wäre kurz gedacht und überaus masochistisch.

Und während wir gerade zu den Einzelheiten übergehn (Kindersaft fließt aus ihrer weichen Orientscham), stürmt der Automechaniker das Zimmer. Gibt es auf Erden Häßlicheres als Automechaniker, vor allem, wenn sie brüllen und ein Messer in der Hand halten? Kaum. Der Henker fuchtelt vor meinem Gesicht. Pah! Iason erspäht einen Brieföffner. Dies dumme Paket will er öffnen, lustige Botschaft wird es enthalten. Jetzt stehen auch Nickel und die feiste Mutter in der Tür. Zuschauer sind leicht zu haben. Das allein ist nichts wert.

Nickel zum Beispiel, der ist einer der Menschen, die manchmal Gutes tun, ohne genau zu wissen, warum. Er hält dem Henker die Arme auf den Rücken. Medea, komm, jetzt ist es Zeit, ohne Rückblick. Lauf mit mir, durch Bunker und Trümmer, voran. Das Vlies wird sich finden. Das ist sicher. Nickel scheint am Ende seiner Kraft. Augenblicke bleiben, vorbeizurennen und zu lachen, Blicke, in denen gewisse Sekunden sich spreizen und den Weg ins Innere der Zeit freilegen.

(1982)

Guten Morgen

(Nacht im Dorf II)

Nun, da ein paar Blocks weiter vermummte Chirurgen verzückten Augs ein Schwein mit einem Schmetterling kreuzen, da sie sich mit brennenden Stirnen umarmen und tanzen – hock ich in der Badewanne und meditiere über meine Erbinformationen. Eher lustlos plätschern sie ins Badewasser, kein Kind wird draus erwachsen, eine lange Gendatei ersäuft im Heublumenlauwarm, Verbrechen aus Jahrhunderttausenden.

Mit gequollener Haut steig ich aus der Wanne, in der ich die Nacht verbracht habe. Draußen kriecht der Morgen über die Dächer. Entfleucht aus den Labors, flattert ein Haufen rosa Koteletts vorüber, mit schillernden Flügeln. Seltsame Mutationen schleimen durch die Straßen, pressen sich ängstlich an die Mauern, starren verwirrt und entsetzt in eine fremde Welt, brüllen und wimmern. Mit einem alten Schmetterlingsnetz geh ich auf die Jagd, fang mir ein Frühstück aus der Luft. Das macht Spaß.

Zurück in der Wohnung, bemerke ich, daß der Hörer neben dem Telefon liegt und... hoppla! Da spricht jemand... Tatsächlich – meine Mama, sie schimpft immer noch mit mir. Ihre Ausdauer ist erstaunlich und ihre Stimme heiser, beschwört in dunkelsten Farben meine verkorkste Zukunft herauf, ein ganz apokalyptisches Gemälde, Donnerwetter. Plötzlich unterbricht sie den Wortschwall, fragt:

»Hallo? Bist du überhaupt noch dran?«

Ich sage: »Aber ja, Mama!« und lege den Hörer wieder beiseite. Das nennen manche Leute Glück: Zum rechten Zeitpunkt am rechten Ort sein und das Richtige sagen.

Hmm … Die Koteletts schmecken nicht. Da muß noch dran gearbeitet werden. Vielleicht hätt' ich die Flügel nicht mitbraten sollen.

Etwas melancholisch sitze ich auf dem Fußboden, und die Sonne wühlt mein Zimmer auf. Krusten und Dreck, Abfall und Staub, Manuskripte und Notizen und Fliegenlarven und Haarbüschel, Brotkrumen, Nudelreste, Flecken wilder Saucen. Spinnen mit Kochmützen rühren drin herum.

Die Wände leben. Der Mauerschwamm wächst, Moder frißt im Schrank, Schimmel pulsiert, Silberfischchen taumeln besoffen aus der Rotweinpfütze. Es fault und blüht, grün und orange … Ich lebe hier schon entschieden zu lange.

Morgens erinnert man sich gern. Hier hab ich gute Momente erlebt, vor allem, wenn eine Frau hereinkam oder wenn ich mir ein neues Farbband leisten konnte. Hier beschloß ich, den Geschwindigkeitsrekord im Schreiben aufzustellen. Ein Kind wurde geboren. Dann starb es. Das ging schnell. Ein Lebenslauf über zehn Meter. Sehr gern würde ich berühmt werden, und sei es, um jungen Poeten Ratschläge zu geben, die sie zu Automechanikern machen. Nur schlechte Poeten holen sich Ratschläge.

Sehen Sie, es ist so: Die netten grünen Herren vom Militär suchen mich überall, ich habe seit Jahren keine Steuern bezahlt und bin weder renten- noch krankenversichert. Immerhin habe ich mir diese Bude besorgt, als eine Frau kam. Man will ja auch im Winter gemütlich vögeln. Ansonsten ernte ich Salat aus fremden Gärten, stehle Maiskolben vom Feld, pflücke Pilze im Wald, und mit der Zeit hab ich es sogar geschafft, den Kampfhund des Nachbarn zu besänftigen. Es ist ein grandioses Leben. Ich kann mich wirklich nicht beschweren.

Nebenan ist ein Weiher. Schwänen kann ich stundenlang zusehn. Dabei kommen oft Visionen. Ich sehe einen großen Berg, mit schneeverwehtem Kopf. Der läuft barfuß auf mich zu. Ein fetter Berg, mit vielen Tannen auf der Brust. Er sieht aus wie das maskierte Dickerchen, das im Texas Chainsaw Massacre der schreienden Frau hinterherläuft, mit der Kettensäge in den Händen. Natürlich habe ich Angst. Das gehört dazu.

Falls ich einmal erblinde, könnten die Leute Gießkannen über mir ausschütten und behaupten, es wäre Regen, und sich scheckig lachen. So sieht's doch aus! Ich könnte ihnen nichts beweisen. Sie könnten eine Platte pressen, mit Sonne drauf und auf der B-Seite Nacht. Ich würde es glauben müssen.

Es würde mich dabei gar nicht so stören, die Leute zu amüsieren. Vielleicht wär' ich das sogar gern – von ein paar Großdeppen der Entertainer. Hauptsache, spotten dürfen. Ich versuche, den Menschen sehr höflich zu sagen, daß sie verrecken sollen. Sie dürfen sich gern geschmeichelt dabei fühlen. Die vielen Leute – sie sind alle so gescheit – die meisten sogar schon gescheitert –, aber sie reden munter weiter. Natürlich gibt es Gute unter ihnen. Es gibt auch welche, die denken, und solche, die vor Denken fast umkommen. Wer am Denken stirbt, hat falsch gedacht. Davon bin ich felsenfest überzeugt.

Ich bin ein Sänger. Heutzutage muß man bescheiden tun und im Chor anfangen. Man muß sich in Understatement üben, Raffinesse zeigen, sich bescheiden geben, differenzieren, Vorsicht, Rücksicht, Nachsicht, keine Attitüden, bloß nicht.

Das alles geht mir so auf die Nerven, daß ich beschlossen habe, ein Großmaul zu sein und Fettnäpfchen an den Füßen zu tragen. Wir schreiben das Jahr 1986.

Der Pop ist tot. Man wird in kaltes Wasser springen. Das geht mich nichts an. Ich wünsche Ihnen allen einen guten Morgen und gehe durch ein verschlammtes Feld und singe, und die Sonne glüht grün in der Weinflasche, und meine Stiefel schmatzen in der Erde.

Am Nachmittag wird die Frau kommen, die ich liebe. Dann werden wir zusammen ein bißchen schlafen, und wenn mein Lektor anruft und fragt, ob man nicht jenes häßliche Wort durch dieses schöne ersetzen könnte, werd' ich sagen, klar, mach nur.

Es ist alles nicht so wichtig. Karfreitag. Wir feiern die Kreuzfahrt des Herrn Jesus. Die Fliegen fallen mich an. Sie sind stumm, und ich erschlage sie. Die meisten Fliegen würden überleben, wenn sie schreien könnten. Die meisten Menschen nämlich sind weich und feige. Ansonsten leider unvernünftig. Sie kümmern sich um zuviele Dinge, die sie gar nichts angehn.

Ich bin heute ziemlich glücklich. Morgen schon werd' ich wieder durch die Galerie meiner Feindbilder rennen, mit Säuretüten in der Hand, und schreien, und das wird auf seine Weise gut sein. Heute bin ich glücklich.

(1986)

Inhalt

Rolf Dieter Brinkmann

Am 23. April 1975 wurde **Rolf Dieter Brinkmann** in London im Alter von 35 Jahren von einem Taxi überfahren. Mit dem Tod hatte er gelebt. Er war dem Zerfall, der kaputten Wirklichkeit nie ausgewichen und hatte sich doch gegen sie aufgelehnt – emotional, impulsiv, verletzlich und voll poetischer Schärfe.
1940 wurde er in Vechta in Oldenburg geboren, in Essen und Köln lernte er Buchhändler. 1968 erschien sein erstes Buch «Keiner weiß mehr», das die Wut und die Empörung seiner Generation ausdrückte. Brinkmann besaß wenig Geld, lebte 1971-73 als Stipendiat der Villa Massimo in Rom, wo «Rom. Blicke» entstand. Er gab Anthologien heraus, experimentierte mit Collagen, schrieb Hörspiele, Erzählungen, Essays, Gedichte – ein Film in Worten. Postum wurde Rolf Dieter Brinkmann der Petrarca-Preis verliehen.

Keiner weiß mehr *Roman*
(rororo 1254)

Erkundungen für die Präzisierung des Gefühls für einen Aufstand: Träume. Aufstände. Gewalt. Morde REISE-ZEIT-MAGAZIN. Die Story ist schnell erzählt (Tagebuch)
(das neue buch 169 Großformat)

Rom. Blicke
(das neue buch 94 Großformat)

R.D.Brinkmann / R.R.Rygulla (Hg.)
ACID Neue amerikanische Szene
(rororo 5260 Großformat)

rororo Literatur

Im Rowohlt Verlag sind lieferbar:

Erzählungen In der Grube. Die Bootsfahrt. Die Umarmung. Raupenbahn. Was unter die Dornen fiel
416 Seiten. Gebunden.

Der Film in Worten *Prosa, Erzählungen, Essays, Hörspiele, Fotos, Collagen, 1965-1974*
320 Seiten. Broschiert.

Schnitte
160 Seiten. Zahlreiche Fotos. Kartoniert.

Standphotos *Gedichte 1962-1970*
376 Seiten. Zahlreiche Fotos. Kartoniert.

«Wörtern sind wir aufgesessen statt Leben, Begriffen statt Lebendigkeit, sollte es verwundern, wenn wir erstickt werden von Wörtern und Begriffen.»
Rolf Dieter Brinkmann

3210/1

Neue deutsche Literatur

Georg Heinzen / Uwe Koch
Von der Nutzlosigkeit erwachsen zu werden
(rororo 12459)
«Georg Heinzen und Uwe Koch ist die bislang treffendste Darstellung der siebziger Jahre und ihrer Folgen gelungen. Wer das Buch für ein gelungenes Kabarettstückchen hält, ist dem Wortwitz, der Situationskomik, der Selbstironie, den Stilmitteln der Autoren auf den Leim gegangen.» Der Spiegel

Georg Heinzen
Ich bin ein Krokodil und du hast Angst *Roman*
(rororo 12868)
«Kino, Fernsehen, Radio, Video, Sensationspresse: in Georg Heinzens Buch hat sich die Welt in die Medien zurückgezogen, ist alles nur noch ‹fiction›, jede Aufregung nur ‹suspense›.» Helmut Schödel im Norddeutschen Rundfunk

Thommie Bayer
Das Herz ist eine miese Gegend *Roman*
(rororo 12766)
Drei verrückte Typen und eine schöne Frau rudern ums Überleben durch die Brandungswellen der sechziger, den Seegang der siebziger und die stillen Wasser der achtziger Jahre. Die Geschichte einer großen Liebe, einer großen Freundschaft, von Träumen und Verwicklungen zwischen Menschen, die Phantasten, doch zugleich auch Realisten sind.

Klaus Modick
Das Grau der Karolinen *Roman*
(rororo 12938)
Eine fast detektivische Geschichte über die geheimnisvollen Wirkungen eines Gemäldes auf seine verschiedenen Besitzer. «Klaus Modicks großer und schöner Roman ist ein Buch, das durchaus etwas zu bieten hat: eine Geschichte, die spannend ist und noch spannender wird; Poesie und sprachliche Schönheit; Einfühlsamkeit und, nicht zuletzt, eine die Zeiten übergreifende Nach-Denklichkeit.» Norddeutscher Rundfunk

rororo Literatur

Literatur für KopfHörer

Wer nicht lesen will, kann hören - eine Auswahl von Rowohlt's Hörcassetten:

Simone de Beauvoir
Eine gebrochene Frau
Erika Pluhar liest
2 Toncassetten im Schuber
(66012)

Wolfgang Borchert
Erzählungen
Marius Müller-Westernhagen liest
Die Hundeblume. Nachts schlafen die Ratten noch. Die Küchenuhr. Schischyphusch
1 Toncassette im Schuber
(66011)

Albert Camus
Der Fremde
Bruno Ganz liest
3 Toncassetten im Schuber
(66024)

Truman Capote
Frühstück bei Tiffany
Ingrid Andree liest
3 Toncassetten im Schuber
(66023)

Roald Dahl
Küßchen, Küßchen!
Eva Mattes liest
Die Wirtin. Der Weg zum Himmel. Mrs. Bixby und der Mantel des Obersten
1 Toncassette im Schuber
(66001)

Louise Erdrich
Liebeszauber
Elisabeth Trissenaar liest
Die größten Angler der Welt
2 Toncassetten im Schuber
(66013)

Elke Heidenreich
Kolonien der Liebe
Elke Heidenreich liest
1 Toncassette im Schuber
(66030)

3298/1

rororo

Jean-Paul Sartre
Die Kindheit des Chefs
Christian Brückner liest
3 Toncassetten im Schuber
(66014)

Henry Miller
Lachen, Liebe, Nächte
Hans Michael Rehberg liest
Astrologisches Frikassee
2 Toncassetten im Schuber
(66010)

Vladimir Nabokov
Der Zauberer
Armin Müller-Stahl liest
2 Toncassetten im Schuber
(66005)

Kurt Tucholsky
Schloß Gripsholm
Uwe Friedrichsen liest
4 Toncassetten im Schuber
(66006)

rororo Toncassetten werden produziert von Bernd Liebner. Ein Gesamtverzeichnis der Reihe finden Sie in der *Rowohlt Revue*. Jedes Vierteljahr neu. Kostenlos in Ihrer Buchhandlung.